海の陽炎

北己 悠

Kitami Yuu

文芸社

1

山峡に立ち込めた霧がうすれると、音だけだった渓谷の流れが見えてきた。

「えい」

突然、鋭い気合と共に大きな岩の間から一本の細い竹が水面を打った。と、銀鱗がその先におどっている。岩陰に身をひそめていたのは少年だった。少年は竹先の魚を取って腰につけた魚篭《びく》に入れると、再び岩陰に屈んで身構えた。三十分ほどのうちにあたりに七、八回気合が響き、その数だけ確実に獲物は増えていった。

木漏れ日が近くまで差してくると、少年は大きな伸びをしてから軽い足どりで水面に出ている石を渡って対岸の緑の中に消えた。少年の名は櫟《くぬぎ》健吾《けんご》、この春中学を終えたばかりである。途中まで登ると不意に足元の繁みから雉が飛び立った。雉は斜面を這うように二メートルほどの高さを舞っていく。健吾の手から小石が飛んだ。つぶては適確に雉の首を打った。

山の中腹にある家に帰ると、魚を笊にあけてから朝食の支度をしている母親に声をかけた。

「母さん、これだけ捕れたよ。こっちは付録だけれど」

「付録の方が値打があるね」

民はちらっと見て笑った。

「おじいちゃんとおばあちゃんにお別れの挨拶をしてくるから」

そう言うと健吾は再び外に出ていつた。

「やっぱり、行ってしまうつもりなのかね」

民は表情は変えなかったが寂しそうな目になってつぶやいた。去年、おじいさんが亡くなってから母子二人きりの家庭である。父親の勇作は、健吾が五歳のときによい稼ぎ口があるからと東京に出ていったきり音信不通であった。戦争が激しくなって招集令状がきたとき連絡のしようがなく、徴兵忌避の逃亡者として扱われて、民はあわてて村役場に失踪届を出した。憲兵や巡査が何度も家に現れて勇作の行方を尋ねた。村人からは終戦になるまで国賊とか非国民と言われて白い目で見られていた。

敗戦後まだ二年、爆撃を受けた東京がどんな所でどうなっているのか全く解らなかったが、健吾は父親が行ったという東京にどうしても行ってみたかった。小学校高等科を終えたら行くつもりで何度か民に話を持ちかけていたが、学校制度が変わって新制度の中学になり、一年間遅れの卒業をこの春迎えたのだった。夕べ民にそのことを告げ、今日は行動を起こす決心をしている。

祖父母の墓は急な山道を二十分ほど登った無住の寺の片隅にある。健吾は墓前に手を合わせると、（おじいちゃん、おばあちゃん。どうか一人になるお袋を守ってください。それから、おやじの消息がわかりますように）心の中で祈った。

家に戻って二人だけの朝食が済むと、民は洗濯と繕いができているシャツとズボンを出してきた。

「着替えの下着はここに入っている。それから、おむすびと炒り米も五合ほど入れてあるからね。飲み水には気をつけて、お父さんが見つからなければいつでも帰っておいで」

「うん。便りが無いのがよい便りと言うけど、心配しないで待っていて」

健吾は学校で配給になった運動靴も紐で縛って布のカバンに入れて肩に掛けた。

「これは権現さまのお守りだから持っておいき」

「ありがとう。大事に持っているよ」

健吾は腹巻に財布と一緒にお守りを収めてから草鞋を履いた。これで身支度は完了した。家を後にしたのは八時をまわったときだった。

大きな川を縫うように山塊に入ってくる鉄路の終点に雲の峰駅はある。家から駅までは山道を下って渓谷沿いの道に出てから五里の道程である。片側は切り立った岩肌、一方は深い谷になっている。途中、岩肌を覆っている緑の間から音を立てながら滝が落ちてくる。そばに立っている石の地蔵は、この道を切り開くときに犠牲となった使役の囚人たちのためのものである。魚を捕った流れともしばらく別れなければならない。

身の軽い健吾が駅に着いたのは正午に近かった。電車が出るまでには四十分の間がある。

駅で草鞋を脱ぎ捨て運動靴に履き替えてからゆっくり昼飯を食った。今日は二時間ほどで着く盆地の中心のC町に泊まるつもりである。C町には商人宿が二、三軒あってよく来ている。町には、罠で捕えた兎や山鳥を引き取ってくれる燧《ひうち》商店がある。戦後の食糧難のときなので、民の家にとっては大事な収入源になっていた。店にはあまり品物はなかったが、衣料品から雑貨、肉や魚介類を扱い、食堂も経営している。三人居る息子の長男は東京の大学を卒業して店を手伝い、次男は海軍の学校を出て船に乗っている。三男がいま東京の大学に在学しているはずであった。健吾は店を訪ねて東京の様子を聞こうと思っていた。

C駅で降りると、駅前の旅館に宿をとってから十分ほど歩いた大通りの中ほどにある昔風の大きな構えの燧商店に出向いた。そこで東京の情報をいろいろと得ることが出来た。その夜、健吾は寝つかれずに何度も寝返りを打った。

翌朝、一番電車に乗ると雲の峰駅とは反対の終点K駅で汽車に乗り換えて東京に向かった。東京は一面の焼け跡であった。頑丈な建物があちらこちらに残骸をさらしている。健吾は昨日の話で聞いた盛り場の中から、一番賑やかな浅草に行く先を決めていた。上京した者がよく集まる所だという。上野から地下鉄に乗って浅草までは十五分ほどで着く。まず、浅草寺にお参りを済ませてから辺りを一周りしてみた。焼け跡の闇市には、頬骨が出て目だけ光らせた人達が群がっている。腕時計や敗戦前の陸軍の衣料、進駐軍の煙草やガムなどを売り買いしている。それにしても大勢の人の群れである。銀シャリ大盛十円とか、本物の砂糖入り汁粉五円などと書かれた紙が屋台やバラック建ての板にやたらに貼ってある。

焼け残った映画館や芝居小屋が何軒も並んでいる一画があった。健吾はしばらくその看板を眺めながら歩いていたが、腹が空いてきたので空き地に積まれている丸太に腰を下ろして焼き米を噛んだ。何か仕事を見付けて東京に腰を落ち着けるつもりだったが、とてもそれどころではない。どうしたものかと思案にくれてしまった。

「おい」

不意に声をかけられて顔を上げると、目の前に二人の少年が立っている。

「お前、見かけない顔だがどこから来たんだ。銭持っているだろう。すこし貸してくれねえか」

健吾は首を横に振った。

「この丸太に腰掛けて、ただで休むつもりなのかよ。誰にことわったんだ」

もう一人が凄んだ。明らかに言い掛かりであるが様子が判らない健吾は驚いて休息代がいるのかもしれないと思った。

「お金がいるの」

「当たりまえじゃないか」

「いくら」

「五十円って言いたいところだが、そんなに持っちゃあいないだろう。十円にまけてやる」

健吾は黙って腹巻から財布を取り出すと十円札を一枚抜いて差し出した。山鳥や兎を売ってためた金が二百円ほど入っている。二人の目が光った。

「お前、その金どこでガメってきたんだ」

「えっ、これは俺の金だよ」

「ふざけるんじゃないぞ。こっちによこせ」

一人が手を伸ばして財布を取ろうとした。健吾は素早く腹巻に入れて立ち上がった。

「この野郎」

正面の背の高い少年がつかみ掛かってきた。スルリと身をかわしたとたん後ろから一人が組み付いてきた。腰を捻って難なく地にはわせた。二人は一瞬ひるんだ。そのとき、

「ヨシとシン、どうした」

二人の若い男が現れて声をかけた。一人は木刀を下げている。

「あ、兄貴。こいつ拾った財布をネコババしているんだ」

「違う。僕の財布だ」

「何、太いガキだ」

男は胸ぐらを取ろうとしたが、それより速く健吾は退いた。おやっという顔になった。

「野郎」

木刀が唸りを上げた。間一髪、屈んでかわすと後ろに飛びのいた。健吾は本能的に身を

躱《かわ》しただけだったが翻弄《ほんろう》された男二人は怒りをあらわにして詰め寄ってきた。一人がポケットに手を入れてナイフを取り出した。健吾の顔に怒りが走った。

「おりゃ」

男が木刀を振り上げたとたん健吾の手が左右にひらめいた。

「あっ」

木刀を投げ捨てると両手で顔を覆う。同時にもう一人はナイフを落とした右手を左手で庇った。いつ拾ったのか健吾はまだ二つの石を握っている。一人の男の眉間に血が滲み恐怖の表情になっている。四人と一人は身動きもせず無言で対峙した。

空き地の隣のバラック建ての二階の窓ごしに、幾つかの目がこの有り様を見下ろしていた。長身の若い男が顎《あご》を動かした。

「連れて来い」

「へい」

二人の若い男が素早く階段を降りて行く。バラック建てのドアが開いて男が姿を見せる

と、四人はギョッとしてあわててナイフと木刀を拾い走り去った。健吾はホッとした。二人は近くまでくると、

「ついて来い」

一人が言って踵《きびす》を返した。四人が逃げ去ったところを見ると仲間ではないらしい。健吾は黙って後に従った。その後ろからもう一人がつづいた。ドアの脇に、
八州簑《みの》組　浅草詰所
分厚い板が掛かっている。ドアを入ると一間の土間になっている。突き当たりの急な階段を上がるときギイギイと鳴った。

「連れてきやした」

長身の男がゆっくり振り返った。精悍な顔立ちだが目が澄んでいる。

「怪我はなかったか」

静な声だった。

「はい」

「まあ、掛けろ」

椅子を指さすと自分もテーブルを挟んで腰をおろした。夕日が男の横顔を照らした。窓の外には光を遮るものがあまりない。焼け跡の逆光の中に、建物が黒くポツンポツンと見える。

「いくつだ」

「十六です」

男は顔をすこし上げて目をつむった。弟の姿が脳裏をよぎった。あの日、日の丸の小旗を振って笑顔で送ってくれた弟と同じ歳だ。あのときは、父も母も妹も皆一緒だった。

「空手でも習っているのか」

健吾は首を横に振った。

「山鳥を石で落としたり、渓流の魚を竹で突いていただけです」

「今、どこに住んでいる」

「昨日、山から出て来たばかりだから」

「昨日？　何をしに東京に来たのだ」

「仕事を見つけて、それから、父さんも見つけたかったし」

「おやじは東京に居るのか」

「そう言って、十年ぐらい前に家を出たんです」

「十年前か。東京は爆撃で大勢の人が死んでいるのだ。無事かどうかわからんな。仕事と言っても、横浜の港に行けば沖仲仕の仕事があるかもしれんが、大人の仕事だ」

すこし間をおいて言った。

「丁度同じ年代が二人いる。しばらくここに居たらどうだ」

今夜の宿がおぼつかない健吾にとっては渡りに舟であった。

「お願いします」

「よし、龍と達を呼べ」

「へい」

若者の一人が部屋を出て行った。やがてふっくらとした色白の少年と、体の大きながっしりした少年が入ってきた。

「今夜から一緒に泊まれ」

「はい」

「そうだ、まだ名前を聞いていなかったな」

「櫟《くぬぎ》健吾《けんご》です」

「俺は梶《かじ》恭介《きょうすけ》だ。このがっしりしているのが新法《しんぽう》龍太《りゅうた》、それに美野《みの》達也《たつや》だ」

「よろしく」

健吾は立ち上がって頭を下げた。色白の美野達也は童顔でニコニコしている。

「今夜は顔合わせのご馳走をしてやろう。ちょっと出てくるぞ」

恭介は部屋隅の若者二人に声をかけて立ち上がった。

「へい。行っていらっしゃい」

二人は鄭重《ていちょう》に頭を下げると見送った。

夕日が差している大通りはまだ賑やかで、影が忙しそうに動いている。日差しのない狭い裏通りに入った。烏賊《いか》を焼く匂いがする。両側の屋台やバラックに居る男や女は恭介を見かけると頭を下げて挨拶する。しばらく行って焼け残ったビルの狭い入り口から地下に降りていった。ドアを開けると、さほど広くない店は客でいっぱいである。モツを焼く煙や湯気が立ち込めている。中年の男が急いで出て来て、

「奥が空いています。どうぞ」

四人を調理場のわきの小部屋に案内した。女がテーブルの上の湯飲み茶碗に白い液体を注いだ。

「乾杯だ」

恭介が湯飲みを手にして差し出し、皆がそれにならって茶碗を合わせる。口当りはよいが飲むと喉にピリピリ沁みるドブロクだった。

「お前たちと違うのは、健吾は自然の中で、自分だけで武術を身につけた点だ」

「聞いています」

「凄いんですってね」

二人は昼間の出来事をもう知っているようだった。

「達也は、空襲で焼ける以前は赤羽にあった妙心流空手道場の跡取り息子で、一人だけ生き残った。龍太は、熊本の山中で拳法を習っていた」

そこまで言ったとき、さっきの男が入って来て恭介の耳元で何かささやいた。義民党という声がチラッと聞こえた。

「今夜はゆっくり三人で飯を食って帰れ。俺はちょっと用が出来た」

恭介はそう言うと席を立って男の後を追った。拳法という言葉をいままであまり耳にしたことがなかったので健吾は尋ねてみた。

「拳法も空手と同じ、額で釘も打てば、手足で瓦や煉瓦も割るよ」

ぶっきらぼうに龍太は答えた。達也が言った。

「梶さんは学生のころ、家の道場の師範代になるほどで、武道大会にはいつも選手として出場していたんだ」

その夜、健吾はいろいろなことを知ることが出来た。

龍太は、出生地の九州熊本の山中で、生涯、弟子をとろうとしなかった拳法家、蕭《しょう》老人が唯一人手しおに掛けた門弟である。老人の死後、上京の途次に汽車の中で恭介と知り合った。恭介は、海軍兵学校から航空士官の道に進み、終戦時は鹿児島にあった特攻隊基地の指揮官。東京深川の材木問屋だった一家は、B29の爆撃で全滅していた。どちらに転んでも命は一つだ。戦後の浅草の焼け跡に一早く進出した蓑組に身を投じて一年半、新宿に本拠がある八州簑組の小頭として浅草のシマを仕切っている。

今の浅草は、戦前からの地元花川戸に縁の春天《しゅんてん》一家、それに金堂巌《こんどういわお》率いる白龍会とシマを分けあっている。金堂は皇道連盟の政治家、岸田信海と結び付きがあると言われている。が、東京随一の盛り場に目をつけない組織はない。北陸連合や義民党が虎視眈々と進出の機を窺っている。鳳麻《ほうま》忠臣の義民党は新興のチンピラ集団である。昼間、健吾に言い掛かりをつけたのはこの仲間らしい。当時、ヤクザは銀座警察と名乗るほどで、警察の組織より勢力が勝っていた。戦勝国をよいことに大量の闇物資を動かす手に負えない外国人に対して、警察はヤクザを利用して押え込みを計っていた。般若《はんにゃ》の入墨をしている姐さんが、何組の何代目の跡目を継いだなどと、写真入り、三段抜きで大新聞の記事になる時代である。ヤクザの下で大勢の女たちが夜の街角に立って、一杯のラーメンの為にG・I（アメリカ兵）に体を売るのだった。戦禍で家を焼かれ、家族を失って一人になった女が、今日を生きていくには他に方法はない。夜更けのその帰路、健吾は食べた白飯とチャンポンを全て吐いた。飲みなれないドブロクの為だったのか、今までに一度もないことだった。

肩を揺すられて健吾は目を覚ました。朝の光が三畳の小部屋の窓から差し込んでいる。

「飯だよ」

達也と龍太はもう起きて着替えている。健吾はあわてて起きると二人について階段を降りた。飯場では五、六人の男たちが丼飯をかきこんでいる。空腹感はなかったが健吾は飯を腹に詰めた。丼を洗っていると若者が健吾を呼びに来た。部屋では恭介が一人で煙草を燻《くゆ》らせながら待っていた。

「お早ようございます」

恭介は座るように目配せすると、

「昨夜、お前は食べた物を全部吐いたそうだな」

「はい、ドブロクを飲みなれていなかったので。済みません」

食べ物がないときだけに、せっかくのご馳走を吐いてしまって健吾はわるいと思っている。

「まあいい。ところで話があるのだが、お前はこの稼業に向いていない。ここから去れ」

厳しい目で恭介が言った。

「なぜですか」

健吾は相手を正面から見ながら尋ねた。昨日、しばらくここに居るように言ったのは恭介ではないか。

「もしお前がこの稼業にいたら、やがて俺たちと血を流しあうことになる。今のうちに別の道を歩け」

「……」

健吾は意味がのみ込めなかった。

「言わなければお前も納得出来ないだろう。夕べお前が食ったチャンポンの肉は、人間の肉だ。達も龍も胃袋に収めて自分の血や肉にした。お前にはそれが出来なかった。この道は綺麗なものではない。お前がこの世界にいたら、必ず他の者と血を流すことになる。だから、去れ」

有無を言わせぬ強い眼差しである。

「……」

「山に帰るなり、東京に残っておやじさんを探すなり勝手だが、この辺りをうろつくな。昨日のチンピラがお前を捜しているらしい」

健吾は頷いて立ち上がった。

「おやじさんは何という名前だ。何かの折りに消息がつかめたら知らせてやるよ。連絡先と名前をこれに書いておけ」

恭介はテーブルの上に手帳を開いて置いた。

「はい」

健吾は、電話など掛けたことがなかったが、東京に来るとき燧《ひうち》商店の番号を手帳に控えてカバンの中に入れてある。泊まった部屋からカバンを取ってきて父親の名前と燧商店の電話番号を書きうつした。部屋には、新法龍太も美野達也も居なかった。

「書けたか。二人には俺から話しておく。元気で行けよ」

「はい、お世話になりました」

頭を下げると、ギイギイ鳴る階段を降りて建物を後にした。今日も灼けつくような太陽が焼け跡を照らしている。

2

来たときとは逆のコースで上野に戻り、東京駅に行った。昨日、梶恭介が言っていた横浜の港に行くつもりである。何か自分に出来る仕事があるかもしれない。横浜までは電車で一時間半ほどである。

ホームに降りて辺りを見回しながら階段の所まで来たとき、G・Iが嫌がる少女を無理やりに連れて上がって来た。少女は手を振り切って逃げた。あわてて追おうとしたG・Iは健吾とぶつかった。健吾は尻餅をついた。舌打ちしたG・Iは、立ちあがった健吾に一発見舞ったが、その拳は空を切った。驚いたように大きなG・Iは健吾を見下ろした。隊の中で一、二を争うボクサーの俺の拳をかわすとは。

「この小僧めが」

後ろは壁だ。今度は逃さぬぞ。「ギャ！」という声を期待してニヤリと笑うと必殺のパンチを繰り出した。

「グェ……」

階段の壁に拳を思い切り打ち当てて声を上げたのはG・Iの方だった。健吾は飛鳥《ひちょう》の速さで身をかわしている。何人かのG・Iたちが奇声や笑い声を上げて見物している。そこから距離をおいて日本人の群れが輪になっていた。その輪を分けて背の高いアメリカの将校が現れた。彼を見るとG・Iたちはあわてて直立の姿勢になった。将校がなにか言うと、

G・Iたちは挙手の敬礼をして去って行った。将校は連れの兵になにか言っている。小柄な兵は健吾のそばに来ると、

「わたしは司令部付きの通訳、ヘンリー・松岡だ。お前は日本の何の武術を身につけているのか、提督が尋ねている。こちらに来なさい」

背の高い将官の前に健吾を連れて行った。

「何も特別に習ったことはありません」

ヘンリー・松岡は将官と言葉を交わしている。

「お前はどこに住んでいるのか」

「住む家はありません」

「これからどこに行くつもりか」

「別に当てはないけれど、横浜の港に行けば仕事があるかもしれないと思って、行くところです」

また、ヘンリー・松岡と将校はしばらく話し合っている。

「お前の運動神経は素質があるようだ。司令部には、進駐軍各部隊のためのエキジビションやショウを行っている部所がある。メッセンジャー・ボーイとしてお前を雇ってもよいと言っているのだが、どうか」

「メッセンジャー・ボーイって何ですか」

「皆の使いをするのだ。衣、食、住、全部オーケーだ」

「でも、言葉が解らないから」

「大丈夫、自然に覚える」

港に行っても仕事につける当てはなかったし、今夜の宿もまだない。健吾は承諾した。

再び電車に乗って横須賀の米軍キャンプに連れて行かれた。驚いたことに、そこには日本人の少年が何人か寝泊りしていた。皆、戦災孤児だ。彼らは午前中はそれぞれの隊で使い走りをしているが、午後はキャンプ内のジムで拳闘の練習をしている。彼らは各地にある米軍キャンプを回って、慰安のための歌謡ショウなどと共に、駐屯部隊対抗のボクシング・マッチの前座に少年ボクサーとして出場し、場内を沸かせるのである。それぞれがリング・ネームを持っている。健吾はタイガー・渋木というずんぐりした少年と仲良しになった。感じが美野達也に似ている。彼は十七歳で米軍横須賀基地の少年チャンピオンである。少年たちが選手として基地に居られるのは十九歳までである。

健吾のキャンプでの生活は、郵便物の投函や受け取り、書類の配布、物品の届けや、G・Iたちの買い物の使いなど忙しい毎日だった。あっと言う間に三か月が過ぎた。健吾は英語の単語や言葉をいくつか覚え、相手の言うことがある程度判るようになった。片言ながら返事も出来る。

健吾がキャンプの食堂でタイガー・渋木と昼食をとっていると、ヘンリー・松岡がやって来て、後で司令部に来るように告げた。渋木が片目をつむって笑った。何かよい話がありそうだ。言われた時刻に司令室に行くとはじめに会った提督が居た。彼の言葉を松岡が通訳した。

「仕事はどうか」

「大体、要領が分かってきました」

「よくやっていると皆が評価している。今日から仕事は午前中だけでよい。午後はボクシングの練習をするがよい。これからコーチを紹介する」

そう言うとテーブルの上の電話機を取り上げた。やがてドアをノックして大男が入ってきた。忘れもしない、横浜駅のホームで健吾にパンチを見舞った兵士である。

「リチャード・マイヤー軍曹だ。横須賀キャンプのボクシングのコーチだ」

「ヘイ、グッボーイ。フォローミー」

軍曹はニヤリとして、手でついて来るように合図をするとドアを開けた。後に従って基地内の一隅にある建物に行った。倉庫の一部が練習場になっている。サンド・バックを叩いたり、ウエイト・リフティングをしている。リチャード（デイック）軍曹から渡されたトレパンに着替えていると、縄跳びをしながら近づいて来た少年が声をかけた。タイガー・渋木だ。

「ケン、一緒に走ろう」

健吾はすぐに、壁にかかっている縄を取って後につづいた。大きな室内を五、六周すると、今度は両足を縛って兎飛びだ。三周して一息入れた。

「今日はこのくらいにしておこう。量を増やしながら三か月ほどしたら、ボクシングの基本に入るから」

そう言って渋木は額の汗を拭いた。

シャワーを浴びて早い夕食を食堂ですませると健吾は宿舎に戻った。

今日からは練習以外午後は自由時間である。宿舎の部屋は二段ベットが通路を挟んだ両側に五つずつ並んでいて、十二人が寝泊りしている。新入りの健吾は北側の上段の隅で、その並びの七つのベットは空いたままである。部屋にはまだ二、三人が戻っているだけだった。

健吾が自分のベットに仰向けになっていると、ディック軍曹が口笛を吹きながら入ってきて降りて来いと合図をする。ディックは紙に書いた地図を示して、駅の近くにあるブラック・キャットという店に居るリリーという女に手紙を届けるように言った。

健吾は久しぶりで衛兵が立っている門から外に出た。地図を頼りにたずね当てた店は、繁華街の裏手にある小さなバーだった。ドアを開けて曲が流れている暗い照明の中に踏み込んだ。

「いらっしゃい」

嬌声をあげて近づいてきた女にリリーの名を告げた。女はカウンターの中のバーテンに尋ねている。男は後ろの戸を開けて声をかけた。やがて横手のカーテンをくぐってほっそりした女が現れた。ハッと目を見張るような美しさである。健吾は、この世にこんな美しい人が居るのかと驚きながら、その白い手にディックからの大きな封筒を手渡した。甘い香水の香りが漂ってくる。

「ありがとう。いつもは渋木君が届けてくれるのに、初めてですぐ分かったの」

「ディックが地図を書いてくれたから、すぐ分かりました」

「キャンプでボクシングをしているの」

「まだです」

「名前は何と言うの」

「櫟健吾《くぬぎけんご》と言います」

「これからもよろしくね」

そのとき、初めの女が声をかけてきた。

「坊や、かわいい坊や。何か好きなものを飲んでおいき」

「門限があるから帰ります」

健吾は頭を下げるとドアを開けて外に出た。何だか顔が火照ってポーッとしている。リリーが美しかったというだけでなく、初対面なのに以前にどこかで会ったような感じが心の片隅にひっかかっていた。

キャンプに帰って、封筒をリリーに手渡したことをディックに告げ部屋に戻った。渋木が隣のベットに上がって来て、小指を出すと尋ねた。

「ディックのれこに会ってきたかい」

「え？　あのリリーさんが」

渋木は頷くと小さな声で話し始めた。ディックはテキサスの貧しい農家の出身、大金持ちになって故郷に錦を飾るというのが口癖で、一獲千金を夢みて、マフィアの組織とつながりを持っている。本当はどういう関係か分からないが、皆の話では、リリーはディックの女ということになっている。

「ケンも戦災孤児なのか」

渋木が尋ねた。

「家が、田舎の山の中だったから空襲にはあわなかった。今、お袋がいるだけだけど、おやじは僕が小さなとき東京の方に家出して行方不明なんだ。渋木さんは?」

「俺には誰も居ないよ。おやじは東北の百姓の三男で、上京してお巡りになったんだけど、賭場の手入れのときヤクザに殺されたんだ。お袋は爆撃のとき死んで、結局俺一人ぽっちさ。まあ、あんまり深入りしない方がいいよ」

そう言うと渋木は自分のベットにもぐり込んだ。

山野を駆け回って暮らしていた健吾には、ボクシングの基礎体力作りはさほどのことはなかったが、ディックからの外への使いが多くなった。渋木は年末に行われる朝霞や厚木基地との試合の練習を口実に、ディックの使いを避けている。その分が全部健吾に回ってきている。渋木の忠告もありあまり気が進まなかったが、ブラック・キャットへの使いのときはリリーに会えるという期待で心が疼いた。美しさの中にあるあの愁いを含んだ瞳で見られると、胸が熱くなって健吾はろくに口もきけなくなるのだった。

ブラック・キャットへの使いを心待ちにするようになってからあることに気づいた。厚木基地に着くアメリカ軍の輸送機の貨物や郵便物は車に積まれてそれぞれの行き先に運ばれる。進駐軍の軍需物資や郵便物は日本国中フリー・パスである。横須賀基地への軍需郵便は火曜日と金曜日の週二回、午前十時頃に到着する。ディック宛の郵便物は、アメリカ本国をはじめ、香港、マカオ、シンガポールと多岐に亙っている。その日に限ってディックは健吾にブラック・キャットへの封筒を託すのだった。ブラック・キャットへの使いが何回か重なって、健吾は店の女たちやバーテンと顔なじみになった。ときには一、二杯、飲み物をご馳走になることもあった。

十月の初め、ディックは上機嫌で健吾に小箱を託した。

「リリーへのプレゼントのジュリアン・リング。大事な品物だ。まちがいなく届けてくれ」

そう言うと片目をつむってニヤリと笑った。健吾はその小箱を腹巻にしまい込んだ。

店に行く途中、二人連れの男に呼び止められた。一人がニコニコしながらナポリという店を知らないか尋ねた。分からないと答えると、

「汝の惚れる里と書いてナポリと読ませる洒落た店だそうだ。たしかこの辺りと聞いて来たんだが。名前を聞いたことないかね」

「ありません」

「そう。困ったな」

そのとき、犬を引いた男が近寄って来た。首に手拭いを巻き、片方の手に買い物袋を提げている。

「すみませんが、この辺りに煙草を売っているところはありませんか」

「さあ、この辺りは初めてなので」

一人の男が答えた。

「君、知っているか」

もう一人が健吾を見ながら尋ねた。

「いいえ。僕もこの辺りはあまり来ないから」

「そう」

犬を連れた男は、駄目かというように首を振って去って行った。

「じゃ、俺達も探してみるか。君、ありがとう」

二人は健吾に声をかけると歩き始めた。健吾も灯がともりはじめた町並を急ぎ足で店に向かった。ブラック・キャットのスタンドには灯が入っていなかった。ドアに本日休業の小さな札が下がっている。ドアを引くと開いた。

「どなた」

中からリリーの声がした。健吾を見ると、

「健くん、ご苦労さま。今日はバーテンが急に腹痛になって、仕方なく店を閉じたのよ。ゆっくりしていらっしゃい」

健吾はディックからの小箱を腹巻から取り出しながら、

「何だかとても大事な品物だって、ディックが言っていました」

そう言って渡した。そのとき、権現さまのお守りが床に落ちた。拾おうとした手がリリーの手と重なった。ハッとして触れた手を離した。ほんのり香水がかおるリリーの体が目の前にあった。健吾は息が詰まった。リリーは拾いあげたお守りをしばらく見ていたが、

「大切な物でしょう。落としてはいけないわ」

「上京するとき、お袋が持たせてくれたのです」

「そう。お母さまが居ていいわね」

「リリーさんは居ないのですか」

「東京が爆撃を受けたとき、家中みんな死んだのよ」

しんみりした声だった。健吾は答えようがなかった。

「兄と弟がいたけれど、弟は健くんと同じ年頃だったわ。今いくつなの」

「十六です」

「やっぱり同じ歳だわ」

リリーは棚からブランデーの罎を取って二つのグラスに注ぐと、笑顔になって、

「これから、健くんを弟と思っていいかしら」

「勿論。僕もリリーさんをお姉さんと思って、そう呼んでもいいですか」

「ほかに誰もいないときだけよ。二人だけの秘密」

そう言うとニッコリして小指を差し出した。その白くて細い小指に自分の小指をからませながら健吾は天に昇る心地だった。憧れていたリリーと二人だけの秘密、それも姉弟の約束をしたことで興奮していた。その興奮が二度、三度とグラスを飲み干させた。

「お姉さんを皆はリリーさんて呼んでいるけれど、本当は何という名前なの」

「リリーというのはこの店に来たときに付けた名前よ。親からもらった名はとっくに捨ててしまったわ。二度と拾いあげることの出来ない深い深い海の底に」

「僕の名前は知っているのに、お姉さんは自分の名前は教えてくれないの」

リリーはしばらく黙っていたが、

「そうね。たった一人の弟だものね。この世では二度と言いたくなかったのだけれど、わたしは晶子というの。水晶の晶という字よ」

「ありがとう、晶子お姉さん。お姉さんが拾えなくても、僕は水泳がうまいから拾ってあげる」

「出来ないわ、駄目よ。それから、これからはディックの使いはなるべく避けた方がいいわ」

「どうして。そんなことしたらお姉さんと会えなくなってしまう」

健吾は立ち上がった。

「今夜は遅くなるから帰ります。でもまた来ます」

まっすぐにリリーの目を見ながら言った。リリーは聞き取れないほどの声で、

「気を付けてお帰りなさい」

そう言うとカーテンをくぐって奥の部屋に姿を消した。

健吾は外に出ると、酔いを覚ましてから帰ろうと久しぶりで駅の方に足を向けた。火照

った体に冷んやりした夜風は心地よかった。大通りを駅前まで来ると、正面の大時計はちょうど九時だった。キャンプの門限は十時である。門限を過ぎると入り口のチェックが厳しくなり直属の上司の立ち会いが必要となる。駅からキャンプまでは歩いて四十分ほどだから時間はまだ充分にある。何気なく見ると、駅前大通りの角の交番の前に先ほどの二人連れの男が立っているのが見えた。そのとき、

「ヘイ、ケン」

突然、止まったジープから声をかけられて健吾は振り向いた。ジョン・トーマス兵長だ。脇の席の若い女を抱いたままである。健吾は笑って手をあげた。彼はボクシングの選手で、練習場でよく顔を合わせている。暇があるとキャンプ内の広場で健吾にジープの運転を教えてくれたりしている。ジョン（ジャック）兵長は、女を駅に降ろしてくるから待っていろと手振りをして走り去った。横断歩道を渡って反対側に立っているとすぐにジャックのジープは戻って来た。ジープに乗ったとき再び交番の方を見ると男二人はまだ立ったままである。今度は交番の中がよく見えた。机の前で受話器を握っている男は手拭いを首に巻

いている。（おや）と思った一瞬、交番は視野から消えた。

その夜、健吾はベットに入ってからいろいろ思いを巡らせていた。あの二人連れが交番の前にいたのは、ナポリという店が見つからずに尋ねに寄ったとすれば辻褄は合う。しかし、受話器を持っていた男が犬を連れた男と同一人だったら、これはどういう事だろう。犬はいなかったし、絶対に同一人物とは言い切れないが似ているような気がするのである。別人に違いない、そう思いながら健吾は眠りに落ちていった。

3

健吾が帰ると、リリーは扉に錠をかけて部屋に戻り、ディックからの小箱を開けた。指輪だ。大粒のサファイアを五つのダイヤが囲んでいる。その輝きを見つめているうちに眩しい光が滲んできた。一筋の涙が頬を流れ落ちた。涸れ果ててしまった筈の涙だった。

あの頃、第二次世界大戦は熾烈を極めていた。米、英、佛、オランダの連合軍の包囲網は狭まってきている。国の存亡を賭けた緊迫した戦況の下では男女の区別はなく、女子大生だった晶子も学徒動員で三鷹にある飛行機工場に挺身隊員として通っていた。一週間毎の昼夜交替勤務である。

一九四九年十月九日の米軍機Ｂ29の夜間爆撃で、東京の下町は火の海と化した。その爆撃で何万もの人が死んだといわれている。その朝、殆どの交通機関は止まったままだった。晶子は夜勤を終えて深川の家まで歩いて帰る羽目になった。破壊された瓦礫の山やくすぶり続けている建物の残骸の間を通って家の近くまで来ると、あたりは一面の焼け跡になっていた。家族も家も見当たらなかった。晶子はその場に泣きくずれた。

その焼け跡で晶子を救ってくれたのは戦闘帽を被った中年の男だった。行き先のない晶子はその男に連れられて、海岸近くの彼の古びた小さな家に昼過ぎにたどり着いた。幸いその辺りは焼け残っていた。晶子はその家に寝泊りすることになった。四阿丁次《あずまやちょうじ》と名乗るその男は帰化してはいたが、祖国を失って来日した両親の非運を背負って、日本人全部を殺したい程の怒りを内心に秘めている。少年の頃、サーカスに売られて軽業をしながら各地を巡っていたが、そこを逃げ出すとヤクザの世界に身を投じ、やがて裏街道で彼の名を知らない者はない程になっていた。盆茣蓙《ほんござ》の前に座れば神業といえる腕の冴えで自在に才の目を出すのである。差しで勝負を挑んで指や命まで落とした極道が何人もいるという話が伝わっている。

戦争が激しくなると、彼は徴用されて陸軍造兵廠の工員になった。工場は、赤羽線を挟んで東側が第一、西側が第二に分かれている。丁次は火薬製造の第二工場の勤務になって、両親が住んでいた埋立地の家からそこに通った。両親は既に亡くなっている。器用な彼は火薬原料の調合が上手で上司や仲間から調法がられたし、彼もまた薬品で手を黄色に染めながらよく働いた。

大空襲があった日の朝、丁次も十条の工場から歩いて帰ることになった。橋を渡って、焼けた三角地帯を突っ切って行くのが近道である。焼け焦げた衣服を纏い、裸足で歩いている何人もの人と行き会った。深川の近くまで来たとき、焼け跡に呆然と佇んでいる女学生がいた。彼はその学生を伴って家に帰った。

その日の夜勤に、丁次はその女子学生、晶子を家に残して出勤した。交通は復旧していたので都電と省線を乗り継いで工場に行き着くことが出来た。工場では常日頃、這ってでも出勤するように言われていたが、そんな事より、出勤すれば食券のほかに一晩に三合の米が貰えるのだ。途切れがちなわずかな配給の外に手に入る食糧であった。

その深夜の仕事中、昼間一睡もしていなかった丁次は眠気がさしてどうしようもない状態になっていた。火薬を扱うので周囲に危険が伴う。班長の下士官は丁次を医務室に連れて行った。軍医は丁次の瞼を裏返して見てから、棚から瓶を取り出して注射の支度をした。注射を打たれてしばらくたつと眠気は嘘のように消えていった。彼はその薬を手に入れたいと思った。

それからの丁次は晶子の食糧確保のためどんなに疲れていても工場を休むことはなかったが、それから半月もたたずに十条の陸軍造兵廠第二工場は爆撃で壊滅した。火薬の原料が火を噴いて至るところで火災が発生し黒煙が地を這った。食糧倉庫に火が回って缶詰が次々に音を立てて跳ね飛んだ。山と積まれた米は焼けて散乱している。B29が去ると、防空壕から這い出した工員達は焼けた食糧に群がって背嚢に詰め込み始めた。丁次は半分崩れた医務室に飛び込んだ。誰もいない。幸い棚の瓶はそのまま残っていた。丁次は目差す瓶をタオルに巻くと背嚢にしまい肩に掛けて部屋を後にした。

職場が無くなった丁次は翌日から晶子を連れて郊外に芋や豆の買い出しに出かけるようになった。手に入った食糧の半分を近所の人に売れば次の買い出しの資金が出来た。

丁次はある夜思いがけない発見をした。買い出しから帰って疲れた体に行水を浴び、あの瓶を押し入れから出すと薬を口に含んでみた。ちょっと甘みがあった。それから寝床に横たわって目薬をさした。頬を伝わった一筋の目薬が口にはいった。しばらくたつと眠気が彼を襲った。唯の眠気ではない。ぐんぐん引き込まれるような睡魔である。彼は僅かな時間眠りに落ちた。目が覚めると、今度は異様なまでに意識が昂進し始めた。彼は起き上がろうとした。が、体は動かなかった。手も足も動かない。それでいて意識は研ぎ澄まされた剃刀《かみそり》のようである。彼は寝床に仰向けになったまま覚醒剤と目薬の関連を考え続けた。やがて手足は元通り動くようになった。それからの彼は何回となく目薬を入れた覚醒剤を自分で試し、その使用量と効力の関係を把握した。

丁次と晶子の買い出しは相変わらず続いていたが、まもなく終戦になった。丁次のかつての祖国は戦勝国となって独立し、彼は幼いころ使っていた片言の言葉で昔の同胞からいろいろな情報を得ることができた。そのころの賭場は札が主役で、サイコロは殆ど使われなくなっていた。偶然のウエイトが高い札を技一筋の丁次は嫌った。壺振りの座に座らなくなった丁次は、どの組にも属さず一匹狼となっていたが、どの組織にも自由に顔を出して闇物資や警察の手入れの情報を提供して報酬を受けた。情報は確実で大なり小なり利益をもたらすので、どこの組からも重宝がられ鄭重に扱われた。

晶子には丁次が何をしているのか見当がつかなかった。ふらっと出掛けると夕方には食糧を持って帰ってくる。晶子のための衣服や化粧品を持ってくることもあった。分かったことは、行水を使う彼が見事な龍の刺青をしていることだった。その彼が正体を現すのにそれほどの期間はかからなかった。

ある晩、丁次は米軍のシャンペンや缶詰を手に戻って来た。

「今日は俺の誕生日だ。祝ってくれ」

そう言って差し出した。晶子は工夫をこらして夕食の卓を花で飾った。丁次は上機嫌だった。水で洗ったコップを二つ卓の上に置くと、晶子が台所に立った隙に目薬を入れた覚醒剤の液を片方のコップに僅かに入れた。濡れたコップに透明な液は目立たない。晶子が座ると、丁次はシャンペンの栓を抜きコップに注いだ。ラジオからリンゴの歌が流れている。

「乾杯!」

高々とコップを上げて合わせると彼は一気に飲み干した。

食事が終わらないうちに晶子は目まいを感じた。それからぐんぐん眠りに引き込まれていった。目が覚めたとき彼女は布団の上に寝かされていた。起き上がろうとしたが体は動かなかった。意識だけが異常なまでにはっきりしている。丁次はゆっくりと晶子の衣服を剥がし始めた。晶子は目を大きく開いたまま為す術がなかった。声も出ない。丁次は晶子の白い裸身を時間をかけて隅から隅までまさぐり、いたぶりつづけた。晶子は死ぬことだけを考えていた。最後に彼は大きく開かせた蕾の芯に熱い棒を突き差した。その姿態で晶子は気を失った。——闇の中を彼女は何かに追われて懸命に逃げていた。遥か前方に明かりが見える。あそこまで行けば助かる——走りに走った。やっと明かりの所まで来ると、それは噴火口だった。眼前に大きく開いた火口の底には熔岩が赤くたぎっている。そこで晶子の足は釘付けになった。飛び込んでしまいたい。気ばかり焦るのだが足が動かない。火口の熱気で頬がひきつるように熱い。その熱さで晶子は目を覚ました。

眩しい日差しが顔に当たっている。頭がずきずきと痛む。晶子は自分の裸身にハッとして身を起こそうとした。その上に、隣に寝ていた丁次がのしかかってきた。ものすごい力だ。押し当てられた熱い物を避けようとして身を捩ってもがいたのが、かえってそれを深くよび込む結果になった。晶子は身動きを止めた。丁次は熱した肉の棒を根元までしっかり差し込むとゆっくり旋回させた。やがて彼女は呻き声を漏らし「フーッ」と深く息を吐いた。それを聞くと丁次はニヤリと笑って、怒張した先端から白濁した液を放射させた。

晶子は天井の一点を見つめたまま死んだように動かなかった。そして、焦点の定まらないおぼろな思考を重ねていた。丁次は目を離さなかった。彼が最も恐れたのは晶子が自害してしまうことだ。しかし、それは杞憂にすぎなかった。女は運命や環境に順応するという説は当たっているようだった。

朝食をすませると、丁次は晶子を伴って東京駅に出かけて行った。二時間ほど列の後ろに並んで熱海までの切符を買うことが出来た。正午過ぎに乗った門司行きの汽車は人が溢れている。二人は通路の片隅に座り込んだ。晶子は目を閉じて一つの思考を追いつづけていた。三時間汽車に揺られて熱海に着いたとき、思考は一つの結論に到達していた。

駅からしばらく歩いて和風の小さな旅館に入った。丁次は戦前、熱海で開かれた賭場に何度も顔を出していたので土地感があり、この旅館を知っていた。二階の部屋に通されるとすぐに女中が米を受け取りに現れた。配給制度の下では、米を持参しなければ旅館では食事が出ないのである。丁次は素早く女中の掌に何枚かの紙幣を握らせると、酒も都合して欲しいと付け加えた。

「お酒も配給ですから都合出来るかどうか分かりませんが」

女中はためらいがちにそう言うと降りて行った。しばらくすると女将が宿帳を手に入ってきた。

「お客さん。僅かですがどうやら手に入りましたから」

「そりゃよかった。上出来だ」

丁次は笑顔になった。出された宿帳に父親、娘と記入した。

「温泉は二十四時間入れますから、どうぞごゆっくり疲れをお流し下さい」

女将が下がっていくと丁次は晶子を促して下の浴場にいった。男湯と女湯の入り口は左右別々になっていたが、半円形の岩風呂は中でつながっている。今は何も考えたくない。晶子は久しぶりの湯にゆっくり浸った。

湯から上がると、出口の廊下にある長椅子に丁次が座っていた。部屋に戻ると夕食が整っている。烏賊の刺身に蛸の酢の物、それに煮魚と贅沢な膳である。銚子が二本ずつ乗っている。食事を済ませると、四本の銚子を空にした丁次は酩酊してすぐ横になった。微かに鼾を立てている。晶子は床についたが寝つかれなかった。夜更け、再び温泉に入ろうとタオルを手にそっと部屋を出ようとした。

「どこへ行く」

寝ているとばかり思っていた丁次が声をかけた。

「お湯です」

「俺も行こう」

丁次もタオルを手について来た。浴場には誰もいなかった。首まで湯に浸っていると岩風呂の中を伝わってきた丁次が肩に手をかけてぐるりと向きを変えさせた。

「駄目よ、放して」

眼前に丁次のいきり立った物があった。晶子を抱えるように抱き締めてくる。

「やめて」

晶子は抵抗した。そのとき女湯のガラス戸が開く音がした。

「ちぇ」

丁次は舌打ちをすると、身を沈めて湯気の中を男湯の方に戻って行った。

入ってきたのは少女だった。晶子に気づくと、

「お姉さんは東京からですか」

「そう。あなたは」

「私はこの旅館の娘で真弓と言います。お姉さんは映画の女優さん？」

「あら、どうして」

「だって、とても綺麗なんですもの」

「そんな事ないわ。あなたの方が可愛くて素敵よ」

「そんな。でも私、宝塚か松竹少女歌劇に入りたいんです。難しいのでしょうね。駄目かしら」

「きっと大丈夫よ。何を習っていらっしゃるの」

「ピアノとお琴とバレエ。最近、日本舞踊も始めました。お姉さんは」

「私はピアノとお茶をすこしだけ。あなただったら頑張ればきっとなれるわ。いま学校は？」

「女学校二年生です。明日もお泊りなら私の部屋にピアノを弾きに来て下さい」

「ありがとう、では又ね。お先に」

「おやすみなさい」

少女との会話は晶子の心をすこし和ませた。その後はゆっくり眠ることが出来た。

翌朝の食事の前に、真弓は百合の花を持ってきて飾ってくれた。

「素敵な花をありがとう」

「お姉さんのよう」

ニッコリ会釈すると、

「これから学校に行ってきます」

そう言って出て行った。窓際に腰掛けて外を眺めていると坂道を下って行くセーラ服の真弓が見えた。真弓は窓の方を振り返ると笑顔で大きく手を振って角に消えた。晶子は数年前の自分の姿をぼんやり思い浮かべていた。

その日の午後、真弓が晶子を部屋に迎えに来た。丁次に断って真弓の部屋に行った。黒いタテ型のピアノがある。

「お姉さん、どうぞ」

晶子は椅子にかけると久しぶりでキーを敲いた。少女の頃から好きだった《エリーゼのために》の曲が流れ出した。弾いているうちに晶子は無心になっていった。うっとりとした顔で真弓は聴いている。弾き終わると、

「お姉さん、素敵だわ」

真弓が感嘆した声を出した。

「今度はあなたが聴かせてちょうだい」

「はい」

真弓は《トルコ行進曲》を弾いた。確実なキー捌きだった。それから晶子が《月の砂漠》を弾きながら二人で合唱した。歌うにつれて晶子の目に涙が溢れてきた。真弓の頬も濡れている。一人は絶望の、一人は感傷の涙だった。翌日の昼前、丁次と晶子は宿を後にした。

東京に戻って二、三日してから、丁次は旅館から手に入れた地酒を手に、晶子を伴って

横浜の高台にある白龍会総帥金堂巌の屋敷を訪れた。和服姿の金堂は七十歳に近くなっている。サーカス団を逃げ出して食うや食わずだった少年の丁次を拾って面倒をみてくれた恩人である。絶対的な権力を誇っているが、今では息子の猛に実務は殆どまかせている。

当時は四十歳で油がのりきっていた。そこで丁次は博打《ばくち》の修業を積んだ。

「おやじさん、ご無沙汰しておりやす。ご壮健で何よりと存じます」

「おう、丁次か。お前も元気か」

「はい。お陰をもちまして」

金堂はチラッと視線を晶子に走らせた。

「申し遅れやしたが知人の預かりものでござんす」

「ふん」

金堂はその美貌と、好色な政治家岸田信海の顔を重ねていた。これは役に立ちそうだ。

皇道連盟の岸田信海は元華族の出で、かっての皇族の末裔を妻にしている。金堂との結びつきは、検察に顔が効く内務省の高級官僚だった岸田が、便宜を与えた見返りに政界に出るときあらゆる点でバック・アップさせたことによる。戦後、華族制度が廃止されて貧乏議員になってはいたが、金堂にとってはまだ利用価値は多い。いま行われている内閣改造にも、入閣のための大金を形だけの担保でその価値の十倍以上も用立てている。担保の物件は奥方名義である。戦時中、東京への空爆が激しくなったとき、宮家ではS県C町に近い二千坪の土地に疎開のための家を建てて書画骨董や家具を移した。戦後になって殆ど価値のなくなったこの物件は奥方のものになっていた。樹木に覆われた敷地内には本館のほか裏手に留守番兼庭師の小さな家があり、戦前からの召使いの老夫婦が住んでいる。

金堂は受話器を取ると議員会館の岸田を呼び出した。

「先生は十二時半から商工会議所の方々と帝都ホテルでご昼食の予定になっております。何かご伝言がございますか?」

秘書が鄭重に答えた。

「よい」

電話を切るとすぐ帝都ホテルにかけ直した。

「あいにく大きな部屋は全部予約ずみでございます」

金堂は四、五人用の小部屋での昼食を予約した。

「丁次、久しぶりだ。昼食を食っていけ。出来れば御前に顔つなぎをしてやる」

「恐れ入りやす」

丁次は深々と頭を下げた。

羽織をはおった金堂と丁次、晶子、それに屈強なボディ・ガード二人の五人を乗せた車が帝都ホテルに着いたのは昼すこし前だった。金堂はホテルに入るとロビーの椅子に腰を下ろした。そこからは玄関の正面がよく見える。煙草を一本吸い終わらないうちにフロントの電話が鳴った。

「お着きだ」

フロントに待機していたマネージャーと社員が入口に急いだ。ボーイが開けたドアから十二、三人の紳士の先頭に立った赤ら顔の岸田が入ってきた。出迎えのマネージャーが挨拶をして案内に立つ。その前に金堂は進み出た。岸田は金堂を見ると足を止めた。

「これはこれは、おやじさん。忙しくてご無沙汰しています。今日はこちらに何か？」

「昼食に立ち寄っただけだが、丁度よい。いつか話をした四阿丁次《あずまやちょうじ》だ。見知ってやってくれ」

顎をしゃくった。岸田は視線をチラッと丁次に走らせたがそこを通り越して後ろの晶子に釘付けになった。

「おやじさん。またいろいろ話もあります。三時に体が空きますので、それまで拙宅の方でご寛ぎ願えませんか」

「よかろう」

岸田の一行が去ると金堂達も案内されて食卓についた。食後のコーヒーを啜っていると、岸田から晶子への贈り物をサブ・マネージャーが届けてきた。

「先生がご指名のシャネル五番は品切れになっておりますので、お気に召しますかどうかこちらをお持ちしました。どうぞお収め下さい」

香水はフランスの《夜間飛行》だった。金堂は図星どおりの成り行きに内心ニヤッとし

た。ホテルから岸田邸までは車で十五分とかからない。出迎えた秘書が、

「先生はじきに戻るそうです。こちらでしばらくご寛ぎ願います」

通された座敷では二人の女中が酒肴の支度をして待っていた。

「おひとつどうぞ」

女中の酌で酒盛りが始まった。間もなく、秘書が金堂と丁次を呼びにきた。応接間には岸田が戻ってきていた。

「おやじさん、お呼び立てして申し訳ありません。単刀直入の話ですがあの娘を頂けませんか」

「あれは丁次の家の者だ。丁次、どうだ」

「あの娘には許婚がおりますので差し上げる訳にはまいりません」

「ほう、決まっておるのか。相手は？」

「進駐軍のヤンキーでござんす」

丁次はうまく言い逃れた。進駐軍では相手が悪い。何かの政策、陰謀の犠牲になったの

か、数日前には国有鉄道の総裁がデパートでの買い物の途次行方不明になり、轢死体で発見された。議員の間では、GHQに属する機関の仕業だという噂が流れている。奴等に睨まれたらどんな目に会うか分かったものではない。

「どうだろう、丁次くん。一度でいいから貸してもらえんか。条件は受ける」

「どうする」

金堂が促した。目的の一歩を踏み出すチャンスだ。

「今日はおやじさんの口ききでお近づきさせて戴いた日です。ようござんす。一回こっきりならお貸ししましょう」

「で、条件は?」

「ハマ(横浜)に店を一軒持たせて頂きたい。小さくて結構です」

「一回で店一軒か。よかろう」

話は決まった。丁次を応接間に残して岸田と金堂は座敷に戻った。岸田はすぐ女中に膳を脇に片付けさせた。金堂はボディ・ガードを部屋に呼び入れた。

「では、始めるか」

金堂が目で合図をすると二人の男はいきなり晶子を押し倒した。

「何をするの」

暴れる晶子の足を押えつける。二人の女中は晶子の両腕を片方ずつ膝の下に敷き込んだ。これで晶子の身動きは止まった。岸田の目は獣のような光を帯びている。金堂が懐から匕首《あいくち》を取り出すと鞘を払って渡した。二人の男は押えた足を両側に開いていった。岸田が白刃を晶子の喉に突きつけた。襟口に指を差し入れるとブラウスの正面から下に截り開いていった。まっ白な先の尖った乳房が現れた。刃が進むにつれて臍のくぼみが出る。その下の茂みの間にサクランボの種ほどのピンク色の秘玉が見えた。岸田はゴクンと生唾を飲み込んだ。そのとき廊下に慌ただしい足音がして秘書の声がした。

「御前、奥方がお見えになります」

岸田は顔色を変えた。金堂がすばやく羽織を晶子の上に投げかけ女中が巻きつけた。途端に障子が開いた。規子はジロッとその場を見回した。

「あなた、これはどういうことです」

「今、おやじさんのお連れが、気分が悪くなったのだ」

規子は金堂を見ると、

「これは失礼致しました。お出でとは気付きませんで」

「いや、奥方もいつもお変わりなく、お綺麗で結構です」

そう言っているうちに男二人と女中は晶子を抱えたまま部屋をさがっていった。

「お陰さまで岸田の入閣が決まったようです。あなた、さきほどデパートで藤倉さまの奥様にお会いしたら、あなたの入閣のお話を教えて下さったの。じきに正式の知らせがくると思うけれど」

「本当か」

青ざめていた岸田の顔が興奮で赤くなった。待ちに待ち望んでいた入閣だ。

「で、役は？」

「国務か、うまくいけば厚生だそうよ」

「そうか。ありがとう」

「藤倉さまは、九谷焼きの茶器と玉露のセットをご注文なさっていたわ。家はどうなさいますか」

「そのセンスは奥の方がずっと上です。よしなにお任せしますよ」

岸田は危機を脱して如才がない。自尊心をくすぐられて規子の機嫌がよくなった。何よりなのが万年平議員だの貧乏議員という陰口がこれでなくなるし、元華族の集いや学友会にも大きな顔で出席できるのだ。

「では、それはわたしが整えることにしましょう。金堂先生、あんな価値のない物件でたくさん用立てて頂きまして」

「いや、奥方。ご入閣本当におめでとう。名義はそのままで結構ですが、ちょくちょく使わせてもらいます」

「昔からの召使いの老夫婦が裏手に住んで居りますが、半年後には出ることに話が決まっております。それまで宜しくお願いします。これで失礼致しますがごゆっくりなさって下さいませ」

規子は軽やかな足どりで出ていった。しばらくして女中の服に着替えた晶子が屋敷の裏口を出た。丁次も晶子も無言だった。

4

事が中途半端に終わったのは岸田の都合に因るのだが、彼は横浜よりはるかにコストの低い横須賀にある店の話をもってきた。横須賀なら今すぐ手頃な物件があるというのだ。丁次は承諾した。米軍横須賀基地に近いのでむしろ好都合だった。そこを、バー、ブラック・キャットに改装すると晶子をママに据えた。晶子も丁次の家にいるより店の二階に寝泊りするほうがよほど嬉しかった。

あれからもう二年になる。ディックから届く封筒には、毎回百グラムの白い粉が入っている。月にすると八百グラムほどになる。丁次は、月に一、二度店に顔を出してそれを持ち去るのである。丁次の目的は、白い粉を国中に広めて日本を滅亡の淵に追いやり、自分は大金をつかむことである。それが彼に出来るせめてもの復讐なのだ。大金を握れば、生まれ故郷に帰るもよし、欧米に住居を構えるもよし、どこか風光明媚で温暖な南の島を買い取って暮らしてもよい。いつまでも日本に居るつもりはない。

彼はその第一歩を踏み出していた。白龍会と手を組んで、まず浅草の蓑組を潰してシマを手に入れる。白い粉を直接末端に捌けば巨額の利益につながるのだ。丁次と金堂は極秘に打ち合わせを重ねていた。それには浅草進出を狙っている義民党を利用する。成功すれば六分四分でシマを分ける話が既に出来ている。白龍会は勢力が拡大するし義民党は浅草に足掛かりができる。失敗した場合は総てを義民党に被せればよい。成り行きによっては抹殺してもよいのだ。絶対に白龍会は表面に出ないのである。準備が完了すると丁次は蓑組の浅草詰所に向かった。

恭介は椅子を背に、新聞を手にしたまま動かなかった。目は一点を凝視している。そこには大鳥典雄の活字があった。ウラジオストックからの引き上げ船が機雷に触れて日本海で沈没した記事がのっている。生存者はいない。氏名が分かっている者の中に機関長大鳥典雄の名前があった。間違いなく海兵の同期である。アイウエオ順に並ぶことがあった兵学校で大鳥と梶はよく前後や隣に居た。それだけ話し合うことも多く、気が合った友人だった。彼は新聞社に電話を入れて大鳥の住所を聞き出して手帳に記入した。

(おや?)

恭介は目を見張った。そこには健吾が書いていった番号と同じ数字が並んでいる。大鳥典雄と櫟健吾は何のつながりがあるのだろうか。そのときドアがノックされ四阿丁次が顔を出した。いつものように何か情報を売り込みにきたに違いない。丁次は向かいの椅子に腰を落とすと、

「ねえ、梶さん。ヤクの取り引きをしたいという客人がいるのだが、どうだろう」

梶は返事をしなかった。近頃、義民党が俄かに勢力を拡大している。その裏にはヤクが動いていると言われている。丁次は構わず話をつづけた。

「ブツは飛びきり純度の高いのが一キロ、捌けば七、八百万にはなるはずです。あちこちで欲しがってはいるが堅いのは梶さんの所だ。八州簑組の簑鉄之進親分と結び付いている公民クラブの笹原先生は、派閥は違っても皇道連盟の岸田先生とは自由公民党の運輸大臣と厚生大臣の仲だ。だが、話をもってきたのはそういうことより、融通がきかない程に固い梶さんをあっしは好きなんでね。ヤクがあれば簑組の浅草のシマの中で寝返る者もいなくなるでしょう。何、返事はすぐでなくて結構なんで。値段は二百万にします」

「いつまでだ」

「今月中、取り引きは来月の初旬か中頃、ただし日どりが決まってからのキャンセルはなしにしてもらいたい」

それなら二週間はある。

「よかろう」

「では今月中にもう一度顔を出しますからその折に。ご免なさって」

丁次が帰ると恭介はすぐにペンを執った。

大島典雄君のご冥福を心より祈念致します。
今から出航しますのでこれで失礼します。

海兵同期　梶　恭介

これだけ記すと、美野達也を呼んで浜松町の郵便局から三百円の為替を同封して投函するように言った。それから早い昼食を済ませると外出した。本部に話をもっていく前に、まず金の目安をつけておかなければならない。近ごろは縄張りが荒らされて実入りが減少している。本部からも指摘されていて立て直しを計るときがきているのだ。うちがやらなくてもどこかの組が手を染めるのに決まっている。白龍会も義民党も既に白い粉に手を出しているといわれている。金額も大きいし、万一失敗すれば命取りになる。それだけに事を慎重に運ばなければならない。何軒かの息のかかった店を回り、帰ったのは夜更けだった。それから四、五日の金策で集まったのは百万ほどだった。

一週間後に丁次がやって来た。

「取り引きはお互いに二人ずつ、ヤクと現ナマの交換。それにあっしが立ち会います。仲介料と場所代で取り引き額の二割を別に頂戴します」

「場所はどこだ」

「X県C町にある厚生大臣岸田信海の別邸。日にちは十一月十日、十時に来て頂きたい」

丁次はズバリと言った。

「何！」

恭介の目が光った。岸田なら白龍会につながっていないわけはない。丁次は梶の心を見透かしているように、

「心配いりませんよ。この取り引きに白龍会は噛んじゃいない。もっと大きいのに手を出している最中だ。厚生大臣の別荘では事件が起こるわけはないし、岸田先生も今度の入閣では大金を使って手元不如意らしい。外人バイヤーに絵画や骨董の類を買い取ってもらう下見という段取りの寄り合いです。お客人の車にはあっしが同乗して案内をすることにし

やす。もし不都合なら、今月中ならいつ下りてもらってもよろしゅうござんす」

「よし、分かった」

恭介は承諾した。

その日の午後、新宿の本部に出向いた恭介は、今までの経過を親分の簑鉄之進に報告した。

「梶はどうなんだ」

「この際、やらせて戴きたいと思いますが」

「お前がその気ならよかろう。資金はあるのか」

「今、百万ほど出来ていますが、何分」

「よし、組が二百万出す。四十万はお前の所で持て。お前のことだから失敗はないだろうが油断は禁物だ。念を入れてやれ。手が足りないようなら言え」

「有り難う存じます。その折は宜しく願います」

恭介は浅草に戻ると情報漏れや裏切りを警戒して、新法と美野の二人だけを呼んで綿密な打ち合わせに入った。

まず、X県C町にある法務局の出張所から岸田邸の登記簿の写しを取り寄せた。持ち主は岸田夫人の規子に間違いない。美野は画学生になってC町に潜入し岸田邸の周りに目を光らせることになった。C町の駅前には商人宿が二軒ある。一軒はすぐ前の広場の正面でもう一軒はすこし路地に入ったところにある。美野はその奥まった荷車屋という旅館に宿をとった。美術大の卒業製作の絵を描く為の逗留だと言うと、主人は好意を持っていろいろ便宜を図ってくれた。美野はあまり人目に触れない二階の隅の小部屋に入ることが出来た。その部屋の窓からは駅前の広場が見える。

翌日、彼は一揃いの油絵の道具を持ち、イーゼルを肩に樹木の多い岸田邸の周囲を見て回り、木立の隙間から門が見える位置にイーゼルを据えた。これで準備は完了した。後は取り引きの日まで人の出入りに気を配って梶に連絡をとればよい。

C町は盆地の中心で川に沿って開けてはいるが、周囲はほとんど山また山である。町外れには海抜八百メートルの天豹山が聳えていて、その裾に権現さまと豹龍の鍾乳洞がある。

新緑や紅葉の頃は、信心深い人達や近くの学校の遠足で結構賑わう。権現さまの境内につづいている鍾乳洞前の広場には、四、五軒の土産物の店が出る。竹細工や木の彫刻、味噌コンニャクや木の実漬け、季節によっては蕗や筍、栗や柿、ふかし芋などが並べられる。

美野は樹木の間の天豹山を背景に構図を決め、下絵のデッサンを描き始めた。二、三日した頃、背後から品の良い白髪の老人に声をかけられた。老人は妻と二人で岸田別邸の留守番をしているのだと言う。

(しめた)

美野はごく自然の成り行きで岸田別邸の留守番の老夫婦と親しくなった。絵を描く場所を屋敷の裏手に移し、言われるままに昼食の弁当は老夫婦の所でとることにした。屋敷の敷地は二千坪ほどあり、庭には築山や瓢箪形をした池がある。この二人をマークしていれば屋敷への来訪者はすべて判ることになる。それから五日ほど変わったことはなかった。裏口に訪ねてくるのは新聞屋や大根や菜っ葉を提げた近所の農家の人達だけである。

十一月に入った。六日目は土砂降りとなった。昼過ぎ、美野は宿の女将が差し入れてくれた茹栗を持って老夫婦を訪問した。老夫婦が仕えていた宮家の主は戦前から軍人であったので、老夫婦の二人の息子も軍人に憧れ、第二次大戦で戦死したのだという。寂しいせいか老夫婦は美野にとても親切だった。いろいろ話をしているとき電話のベルが鳴った。

「はい、はい、分かりました。十日でございますね。お食事は……、さようでございますか。では、特におもてなしはしなくても、はい。……それは何日ごろでございますか。二、三日のうち。はい、承知しました」

受話器を置くと、

「おばあさん。十日に御前のお客さまが五人ほど見えるそうだが、応接間にお通ししてお茶と菓子だけでよいそうです。その日のうちにお帰りになるそうだ。それから、二、三日のうちに庭を見に何名さまだかお出でになるそうだが、そちらは家に上げなくてもよいとのことです」

「あちらからのお客さまは久しぶりですね」

「御前も大臣になられたし、奥方さまもお忙しいようだ」

十日の客は梶の取り引きに違いないが、二、三日中に庭を見に来るという客の方は問題がありそうだ。夕方、美野は梶にそのことを報告した。駅前の公衆電話をかけ終わって出たとき下りの電車が入ってきた。

(おや!)

雨の中を屈強な男四、五人が一団になって改札口を出てくる。そのうちの何人かは長い包みを提げている。美野の目は、それが只者でないことを一瞬のうちに読み取っている。傘で顔を隠しながら美野の視線はその行方を追っていた。男達は五人だった。しばらく立ち話をしていたが三人と二人に別れると、三人組は駅前の旅館に入っていった。距離をおいて二人連れの後を追って美野も歩き始めた。二人はときおり紙を見ながら、町の中心を通り過ぎて岸田別邸の方へ歩いて行く。三十分ほどで県道から別邸に通じる橋の袂まで来ると二、三分話し合ってから引き返した。美野は小径に逸れてやり過ごし、二人が町の中心に近い恵比寿屋旅館に入るのを見届けてから宿に帰った。

翌日もその翌日も彼らは姿を見せなかった。美野はキャンパスのデザインに色をつけ始めていた。狩猟期に入ったのか山の方からときおり銃声が響いてくる。二、三日という日はもう過ぎようとしている。

（あの連中は関係なかったのか）

美野がその日昼食をとりに裏木戸に近付いたとき、内側に人の気配がして話し声がした。

「何せ広いので、建物の周りしか手入れは行き届きません。これでも年二回は植木屋さんに入ってもらっているのですが」

老人の声だ。

「なるほど、、相当の年数の樹木が多いですね。お屋敷の裏は畑ですか」

「いいえ、林や薮です。奥の方では鹿やときには熊も出ることがあるのですよ。月が替わって狩猟が解禁になったので、この辺りでも雉や兎を撃つ人がだいぶ入ってきています」

「それで、ときどき銃声がするのですね」

木戸が開いて人影が見えた。美野は薮蔭に身を潜める。がっしりしたその男は、黒く陽灼けした顔を山並みに向けると目を細めた。今までに見たことがない顔である。権頭と呼ばれるその男は、横浜の本部でもあまり顔を知られていない白龍会の手練である。その後ろから二、三人の人影が見えた。これも浅草では殆ど顔を見かけない選り抜きの義民党のヒット・マンである。彼らは梶達を襲撃する策を練るために場所を確認しているのだ。取り引きを十一月にしたのは狩猟が解禁になるのを待っていたのだ。この時期なら怪しまれずに銃が使える。出来れば取り引きが終わって屋敷を出るまえに一挙に片付けたいのだが、留守番の老夫婦の目がある。とすれば、両側に樹木が鬱蒼としている門を出てから橋までの二百メートルが最適の場所となる。県道に出ると畑が広がっていて人通りもあるし炭や材木を運搬するトラックもときおり往来している。場所は決まった。襲撃は猟銃を持った義民党の五人と見届け役の権頭、それに取り引きの客に化けてくる白龍会の影二人。後から梶達の死体を運搬するために幌を掛けた小型トラックに乗って来る義民党の鳳麻忠臣と護衛の計十人である。丁次と運転手は襲撃から外してある。人影が木戸の中に消えると美野は身を起こして正面の門の方に移動した。しばらくして六人の男が帰って行くのを木陰から見届けると裏口に戻って中に入った。

「今日はごゆっくりでしたね。こちらも今までお客さんが居ましてね」

おばあさんはお茶をいれると嬉しそうに話しかけてくる。

「どういう方たちですか」

「庭を見せて欲しいという人たちでしたが、何だか怖い男たちでしたよ」

おばあさんはそう言うと肩をすぼめた。あの男たちがもしヒット・マンなら最低でも六人いる。梶さんと新法、それに自分だけでは危険だ。その日の連絡で美野はそのことを告げた。

「そうか」

梶は思案していた。応援を頼むぐらいならこの話には初めから乗ってはいない。といって、浅草をこれ以上手薄にするわけにはいかない。何とか三人で乗り切ろう。新法を呼ぶと美野から送られてきた地図を見ながら作戦を練った。もし、襲撃を受けるとすれば屋敷を出てからであろう。とすると、橋までの二百メートルが最も危険だ。それなら裏に抜け出すしかない。裏口から出て奥へ行けば鍾乳洞の方にでる。美野からの見取図には地図にっていない小径も記入されている。まず、山道伝いに奥に入って姿を晦ませ、安全を確かめた後、別の駅から帰ればよいだろう。車を使わないとなると、十日の午前十時に岸田邸に入るにはどこかに足場を持たなければならない。幸いなことにC町から三十分ほどの鉄道沿線に渓谷美で知られる紅葉の名所がある。シーズンも終わりにちかいが旅館にはまだ観光客もいるようだ。その客に交じって宿泊すればよい。計画が出来上がると、美野と打ち合わせを済ませて準備にかかった。

十一月十日の朝、九時半、老夫婦は別邸の大扉を開けて来客を待った。十分ほどで黒塗りの外車がすべるように入ってきた。車寄せに停車すると三人の男が降り立った。東洋系外国人を思わせる風貌をしている。二人は背が高く、低い一人は丁次である。三人は、待ち合わせの二人がじきに来るからと言ってその場で待った。五分、十分。カーブした道の遠くに二つの人影が現れた。三人は顔を見合わせた。車を使わないのが意外であった。小型のトランクを提げた長身の梶と、がっしりした体格の新法が歩いて来る。意外に思ったのは、道の両側の鬱蒼とした林の中から眼を光らせていたヒット・マンも同じだった。この方がより確実に任務を遂行出来る筈だ。六人はほくそ笑んだ。

梶達が門内に消えてしばらくたったとき、橋のたもとに小豆色をした小型トラックが到着した。幌が掛かっている。車を橋から三十メートルほど先の県道の林の脇に置くと、鳳麻と権頭は全員を配置につかせた。はじめは、梶の車が走り抜けるのを警戒して、橋の両端に猟銃を持った二人ずつ四人を待機させる計画だったのをやめて、別邸寄りの橋の左右のたもとの薮の中に一人ずつと、林の中に逃げ込むのに備えて、その中の両側に二人ずつ身を隠させた。鳳麻と権頭は小型トラックに待機した。後は梶達を橋を渡る前に襲撃するだけである。

応接間では取り引きが始まっていた。テーブルの上にお互いが品物と現金を置く。丁次が声をかけると、ケースの中の百円札の束二百万を客の一人が確認する。梶は、何重にも巻きつけられている油紙をほどき、容器を開けると白い粉を舐めてみる。間違いない。新法ともう一人の客は身じろぎせず相手の動きを見守っている。交換が終わると丁次がブザーを押した。老夫婦が茶と茶菓子を持って客室に入った。頃を計って立ち寄っていた美野は誰もいなくなった部屋の電話機を取って警察のダイヤルを回した。

「岸田厚生大臣のお屋敷の近くで、禁猟区なのに銃を撃っている人がいます。すぐ来て下さい」

「あなたは？」

「近くを通りかかった者です」

そう言うと受話器を置いて外に出た。これで、もしヒット・マンが周りをうろついていても銃を使いにくくなるだろう。ものの十分もたたないうちに自転車に乗ってやって来た巡査が玄関のベルを押した。応対に出た老人とは顔見知りである。

「お屋敷の近くで猟銃を撃った者がいるそうですが？」

きょとんとした老人は、

「いいえ、別に。山の方では音がしていますがね。どうしてですか？」

「先ほど、この近くを通りかかった人からそういう通報があったのです。山の方と間違えたのですかね」

老人は肯いた。

「すごい車がきていますね。ご来客ですか」

「御前のお客様が見えているのです。お茶でも入れますから裏の方にどうぞ」

「いや、お客様ではお忙しいでしょう。私もこの辺りを廻ってみますから、何かあったら署の方に連絡して下さい」

そう言うと巡査は帰っていった。その途中、道端に停車している幌を掛けた小型トラックに声をかけた。

「さあ、別に近くで音は聞きませんね。わしらは仲間を待って、これから権現詣でに行くところですが、まだ遠いのですか?」

幌の中を覗いてから巡査は笑顔になった。

「いや、じきです。車なら七、八分。十分もかかりませんよ」

巡査が遠ざかると鳳麻と権頭はほっとして顔を見合わせた。

取り引きが終わった十一時半、黒塗りの車は門を出ると、橋のたもとに客に化けていた影二人を降ろして走り去った。鳳麻と権頭は、念のために猟銃を持った義民党のヒット・マン一人と白龍会の影一人を屋敷の裏口に廻らせた。

車が去ってから大扉の外に出てきた梶と新法は、締まった扉の脇の潜り戸から再び中に消えたきり出てこない。扉を閉ざした屋敷はひっそりと静まりかえっている。

裏へ廻った襲撃の二人は、木戸からさほど離れていない小径で絵を描いている一人の学生に出会った。さりげなく通り過ぎた義民党ヒット・マンの顔色が変わっている。彼は美野を知っていた。美野がここに居ることは、梶達は裏口から脱出するにちがいない。白龍会の影にそっとささやく。

「よし、小僧は俺が始末する。お前は梶が出てきたら近くに引きつけて仕留めろ」

そう言うと影は踵を返した。梶を撃つまでは拳銃を使うわけにはいかない。彼は懐の匕首を抜いた手を背に回した。血の雨の下を潜ってきた彼には若僧の一人や二人何でもない筈だった。美野はたたんだイーゼルを手に身構えた。その美野をまるで無視しているように影は歩み寄った。瞬間、体がぶつかるように踏み込みざま白刃が走った。美野は体を躱してイーゼルで相手の顔を打った。が、それは空を切り、その下を潜った影の匕首が閃いた。飛び下がってかろうじて躱した美野は、イーゼルを相手に向けて呼吸を計った。相手は息一つ乱していない。凄い使い手だ。影も内心舌を巻いていた。今まで、第一撃は躱しても二撃目を躱した相手はいない。早く倒さねば梶達が出てきてしまう。影に焦りが見えた。そのとき木戸が開く音がした。

「梶さん、銃だ！」

美野は大声で叫んだ。その声を聞くと梶と新法は疾風のように走った。薮蔭に潜んでいたヒット・マンは慌てて引金をひいた。梶は転がった。散弾が片方の脛にくいこんだ。薮から立ち上がったヒット・マンの首筋に新法の蹴りが飛んだ。

（ごき）

鈍い音がした。眼を剥き、舌を出したままヒット・マンは動かなくなった。銃声を聞くと、影は腰の裏のベルトに差してある拳銃に手を回した。その一瞬の隙を美野は見逃さなかった。イーゼルが影に向かって矢のように飛んだ。その鋭い先端を尻餅をついて躱すのと、美野の二本の指が眼球に突き刺さるのが同時だった。

「ぎゃ！」

影は両手を掻きむしってのけぞった。すこしもがいていたがすぐ動かなくなった。二人の刺客を倒すと新法と美野は駆け寄った。梶は足を押えて身を起こしていた。新法がすばやく手拭いで傷の上を縛った。

「大丈夫だ。たいしたことはない」

梶は立ち上がった。美野が品物を持ち、梶は新法の肩を借りて三人は木立ちの中に踏み込んでいった。

屋敷の裏手から銃声が聞こえると、正面の配置についていた男達は一斉に裏へ向かって走った。狭い裏道には車は入れない。彼等は裏木戸の近くまで来て血まみれで倒れている仲間を見た。

「まだ遠くへは行くまい。四人は駅に行って見張れ。俺達はこの辺りを見て廻る」

鳳麻が指示すると権頭とトラックに乗り込んだ。四人のヒット・マンはすぐ駅に向かった。鳳麻の護衛と残った影の一人は、梶の死体を運ぶはずのトラックの荷台に、防水シートにくるんだ仲間の屍を投げ込みその脇に乗り込んだ。ぐずぐずしているとまたパトロールの警官が来るかもしれない。トラックはゆっくり県道を奥に向かって走り始めた。

樹木と薮の斜面を這うように登って梶達は奥へ移動していた。途中の沢の流れで傷ついた足を冷し、ズボンの血糊を落とした。幸いなことに弾は骨から外れている。二時間後、権現さまの屋根と鍾乳洞の入口を見下ろす位置に三人は身を潜めていた。あの連中がこの辺りを捜し廻っているに違いないから迂闊に出ていくわけにはいかない。

午後二時をまわったとき、小豆色の小型トラックが広場に入ってきた。四人の男が降り立つ。その中に鳳麻忠臣の顔がある。あとは知らない連中だが襲撃は明らかに義民党である。ボスが直接指揮をとっているのだ。

「畜生！　四阿丁次と手を組んでいたのか」

四人は切符売り場で何か尋ねていたが、そのうち二人が鍾乳洞に入って行った。十五分ほどして二人は出てくると首を振った。四人はトラックに乗り込むと町の方へ走り去った。

彼等が行ってしまったのを見届けると三人は広場の方へ降りていった。山峡の秋の日差しはもう陰りはじめている。鍾乳洞の見物客の姿はあまり無い。梶達を見ると、

「急いで下さい。入洞は三時までです」

切符売り場の人が声をかけた。

「いや、ちょっとお尋ねしますが」

梶はポケットから手帳を取り出すと、

「C町の大鳥さんってご存じないでしょうか」

「え？　大鳥さんなら、燧屋さんの所ですね。知っていますとも。そこの売店にも品物を入れているのですよ。もうじき燧屋さんの車が来るはずです。お知り合いですか」

切符売り場の人は土産物店の一角を指差した。

「今日はもう切符の販売は終わりました。どうぞ中でお待ちになって下さい。お茶でも入れますから」

もう一人の係員が親切に戸を開けて三人を招き入れた。間もなく、燧商店と書いてある

小型貨物車がきて売店の前に停車した。中から若い男が降りると、

「燧屋さん、お客さんがお待ちだよ」

大声をかけた。手拭いを首に巻いた若者が入ってきた。

「僕は梶恭介という者です。亡くなった大鳥典雄君とは海兵の同期です。典雄君の墓参をしたくてお訪ねしたのです」

「ちょっとお待ちになって下さい。電話を借りますよ」

若者はあわてて電話機をとった。電話が終わると首から手拭いをはずして改まって梶達に丁寧に頭を下げた。

「これから店の方にご案内します。品物を下ろすまでちょっとお待ちになってください」

そう言って車に戻って行ったがじきに声をかけてきた。車は十五分ほどで大きな商店に着いた。燧本店の前に恰幅のよい初老の人が立って待っていた。

「大旦那です」

ドアを開けながら運転の若者が告げた。大鳥基藏は手をとらんばかりに三人を迎えた。

「梶さん。典雄が殉職した折りにはたいそうなお志を頂戴しまして有り難うございました。典雄は生前、帰省の際にはよく梶さんの話をしていましたので存じております」

そう言うと手の甲で目頭を押えた。そのとき、血が滲んでいるズボンに気付いた。

「どうなさいました」

「山を歩いているとき、不注意からちょっと怪我をしてしまいました」

「それでは手当てだけでも早くされた方がよいでしょう。近くによく知った医者が居ますからご案内しましょう」

基藏は店の者に言いつけて車を回させると自分で運転して二人を病院に連れて行った。傷を診た医者はすぐ手術の準備にかかった。切開した傷口から三発の鉛弾が摘出された。

「骨を外れていたのが幸いでした。ずいぶん強靭な筋肉をお持ちですね」

手を洗いながら医者は笑顔で言った。

「この事故は警察に届けた方がいいでしょう。二、三日入院して下さい」

「申し訳ありませんが、大鳥さんと打ち合わせをさせて頂きたいのですが」

「どうぞ、そうなさって下さい」

医者は、立ち会っていた三人を室に残して看護婦と出ていった。

「大鳥さん。勝手なことを申しますが、明日墓参をさせて頂いてすぐ帰ろうと思います。入院とか、警察だのと言っていると、乗船に間に合わなくなってしまいます。出航が迫っているので時間がないのです。何とかお力添えをお願い出来ませんか」

基蔵は梶の顔を見詰めて居たが、頷くと部屋から出ていった。しばらくして、医者と共に戻ってきた。

「今夜はすこし熱が出るかもしれません。解熱剤と化膿止めを入れてありますから、無理をなさらず大事にして下さい。この杖をお使いなさい」

そう言って薬の袋と松葉杖を差し出した。それから基蔵に、

「怪我のお客様が居るのだから、今夜はお神酒の方は控えめですよ」

「なあに、梶さんは若いから、逆療法が効くかもしれません」

二人は声を立てて笑った。

その晩の食事は豪勢だった。

「近頃は、よそからやたらに入ってくるので、いい加減な鉄砲打ちが多くていけません」

基蔵は憤慨していた。

「藪陰で鳥か何かと間違えたのでしょう」

「それにしても、たいした怪我でなくて本当によかったですね。鳥も銃で撃ったのは商品価値がずっと下がってしまいます。この山奥には石礫で山鳥を落とす健吾という子がいまして、今まではうちの店にいつも卸してくれていたのですが」

「今はもういないのですか」

「東京に父親を捜しに行っているのです」

新法も美野も、内心（あっ！）と、驚いた。櫟健吾に違いない。世間は広いようで何と狭いことか。梶は素知らぬ顔でさりげなく応答している。

「明日は早く典雄の墓にご案内します。典雄もさぞかし喜ぶことと存じます。お寺は川の下流二里ほどの善明寺です」

「そこから一番近い駅はどこでしょうか」

「鈴野という駅があります」

「では、墓参をさせて頂いたら、そこから帰ることにしたいと思います」

晩餐が済むと、家人は梶の怪我を気遣って早々と床を取ってくれた。

墓参を済ませた梶達が浅草に帰り着いたのは夜の十時を回っていた。小頭代行の源田の報告では、四阿丁次が朝のうちに顔を出し、夕方もまたやって来たという。

「何の用だと言って来たのだ」

「小頭に大至急の話があると言っていました。様子を見に来たんじゃないでしょうかね。明日もまた来るそうです」

何と図太い男だ。義民党と組んで命を狙っておきながら、やり損なっても平然と姿を見せるとは。

翌日、朝のうちに丁次は顔を見せた。風呂敷包みを抱えている。部屋には源田と二人の若衆、それに美野と新法が居る。丁次は悪びれた様子もなく、

「梶さん、ご無事でしたか。申し開きはしませんが話だけは聞いてやっておくんなさい。後はご随意に」

「話とは何だ」

「あの日、帰りの車の中であっしはぐっすり眠ってしまいました。客の二人と運転手は安心してひそひそ話を始めやした。でも、あっしの耳は地獄耳だ。奴等は義民党の囮《おとり》の客だった。あっしをペテンにかけ、利用して梶さん達を消そうとしたんだ。それで、東京に着いたときあっしの家に寄ってもらって、三人に一服盛った」

そこまで言うと包みを開いた。二百万の札束があった。

「これはお詫びのしるしに持参しました。あっしの気持です」

「あんたがその金を手にしながら、義民党から狙われないのは、奴等と組んでいる何よりの証拠だ」

源田が言った。丁次は落ち着いて、

「それは違う。この二百万と三人の玉を取ったのはあっしを罠にかけた落としまえだ。それはそれとして、簑組が義民党につける落としまえは又別な話です。梶さん、詰める指もあっしにはありませんからどうなりとお好きになさってください」

丁次は床にあぐらをかいた。

「話はわかった。その金は貰っておこう」

梶がいった。

「有り難うさんでござんす」

丁次は嬉しそうに立ち上がると、

「義民党の奴等は、もう今までの竜泉にはいませんぜ。車の中で日本堤と言っているのを耳にしましたから、多分、そっちの方面だと思いやす」

そう言って帰りかけたが、梶の脇に置いてある松葉杖を目にすると、

「梶さん、怪我をされましたか?」

「奴等から鉛弾を二、三発馳走になったが、何、たいしたことはない」

梶は松葉杖を手に立ち上がった。丁次を見送るように歩き始めたが危うく転びそうにな

った。額に汗が浮いている。

「どんな按配です」

丁次は心配そうに声をかけた。

「骨に一発食らっているのですこし時間がかかるだろうが、義民党への落としまえは今年中には必ずつける」

「あっしにも責任がありますから、何なりと言い付けてください。落としまえは急がなくてもいつでもつけられます。それより充分養生なさってください。では、ご免なさって」

丁次は階段を降りていった。詰所の外に出るとホッと息を吐いた。初冬なのに腋の下に脂汗が滲んでいる。もともと一キログラムのヤクは自分の物だが、手持ちのヤクの十分の一にもあたらない。二百万は惜しいようだがそれで疑惑がとれれば安いものだ。こっちは二人殺られたが、梶も手傷を負っている。強がりを言っていたが相当こたえているようだ。骨なら、治るのに早くても二、三ケ月はかかるだろう。今年中と言っていたが、梶達が義民党を襲うのは十二月も末だろう。それまでに充分迎撃の準備をさせておけばよい。共倒れにでもなれば白龍会は濡れ手に粟を掴むことになる。頬を歪めてニヤリと笑うと、丁次は横浜の白龍会本部へ急いだ。

丁次が帰ると、梶は源田と新法を伴って新宿に向かった。組本部で今までの経過を話し、ヤク一キログラムと二百万円を差し出した。鉄之進は、

「ご苦労だった。二百万はヤク代としてこっちで出したのだからヤクは貰っておく。金はそっちで取っておけ。その分、浅草のシマをしっかり固めてくれればよい。それから義民党への落としまえだが、これは浅草だけの問題ではないから、こちらからも人を出す。指揮はお前がとれ」

そう言うと脇に居る小頭筆頭の鬼嶋に顎をしゃくった。部屋を出て行った鬼嶋は、やがて二人の男と女一人を連れて戻って来た。梶の知らない顔である。

「サブは不在でしたので後で連れてきやす」

流れのサブは、定まった場所を持たず気儘に流し歩いている演歌師である。が、裏では情報を集めている簑組の影である。簑は二人の男に、

「今日から梶の指揮下に入れ。それから、明美はサブと今夜から浅草を流せ」

「はい、旦那さま」

女は艶のある声で答えながら梶に流し目を送った。美人である。溢れるような色気が漂っている。それから、

「親分、分かりました。小頭、よろしく願います」

今度はぞっとするほど冷たい男の声で言った。

新たな二人を伴って梶達が浅草に戻ったのは正午だった。昼食を摂りながら義民党襲撃の打ち合わせに入った。

戦後三年経って東京も復興の槌音が聞こえていた。ガスも細々ながら供給が始まっている。その日の午後、組本部から来た秦と加賀は、ガス工事人になって日本堤を歩き廻って居た。黄昏が迫った頃、小さな三階建てのビルの前に停車しているトラックから、何人かの男達が荷物を運び込んでいるのに行き当たった。

忠臣会　神州義民党本部

分厚い金文字の看板を二人の男が中に入れている。新たな義民党のアジトはすぐ割り出せた。後は、党首鳳麻忠臣の在否を確かめればよいだけだ。その夜から張り込みが始まった。ビルの四、五軒先に、ドブロクを飲ませる朝鮮の焼肉屋がある。路を隔てた斜め前にも日本料理の小さな飲屋がある。顔を知られていない秦と加賀は勤め人に身をやつして飲み屋に通った。閉店近くになると、ギターを抱えた流れのサブも、お釜の明美も顔を見せる。店には、明らかに義民党員と思われる男達が出入りしている。三日ほどした晩の閉店まぎわの焼肉屋の戸を開けて中を覗き込んだ若者が、七、八人のたむろしている連中に声をかけた。

「親分のお帰りですぜ」

彼等は一斉に立ち上がると店を出て行った。残った客の一人が、酔ってテーブルにうつ伏せになっている相客を促して、フラフラと立ち上がると勘定を払って出て行く。店は暖簾を下ろした。出ていった男の一人が日本料理店を覗いた。サブと明美が飲んでいる。男は指で丸を作ると店を離れた。明美は店の電話を借りると、

「借金の工面がついたから、今夜これから払いにいくわ」

そう言って店を後にした。まもなく近くの四つ角に一人ずつ男が立った。義民党のビルの前の道路に、ガス工事と幌に書いてあるトラックが停車すると七、八人の男が降り立ち道路の掘削を始めた。ブレーカーの音が辺りを揺るがした。ビルの扉が開いて若い男が顔を出した。

「うるせえ、今頃何なんだ！」

「すみません。ガス漏れがあるので緊急工事です。すぐ終わりますから。これはほんのご挨拶の印です」

近寄った男が頭を下げながら紙包みを差し出した。受け取ろうとして手を伸ばした下からいきなり匕首を腹に突き刺した。

「ギャ！」

悲鳴は周りに響く音にかき消されて聞こえない。若い男は路上に崩れた。

「どうかしたか」
三、四人の男がどやどやと階段を降りて来た。真っ先の男の腹を鉄パイプの鋭い先端が貫いた。
「ぬー……」

男は声もなく身をくの字に折った。

「わぁ！」

後につづく二、三人の男は慌てて戻ろうとして、縺れて階段から転がり落ちた。その上に白刃が舞った。血飛沫が飛び散ったコンクリートのたたきの上を、幾つかの手が爪を立てて這い廻った。

出てきた男達を倒すのと二階の踊り場から拳銃が乱射されるのと同時だった。階下からも応射が始まった。不意を衝かれて、居合わせた義民党員は半減している。その騒ぎの最中、三階の窓から隣の建物の壁を伝わって二人の男が暗く狭い隙間に飛び降りた。辺りの様子を窺いながら路地から人気のない裏道にでた。目の前に女が佇んでいる。二人はギョッとなった。

「何だ、てめえは」

女は杳然と笑って手招きした。

「お二人さん、こっちにお出でよ」

そう言うと先に立って歩き始めた。女連れの方が敵の目を誤魔化せる。二人は女を囲むとせきたてるように急ぎ足になった。一刻も早く現場から遠ざからねばならない。流れのサブが後ろ手に合図を送るとその後をつけた。道路脇に材木が積まれた焼け跡の一角まで来たとき、女は立ち止まった。

「そんなに急いじゃ、息が切れるじゃないか」

「あれ、こいつはお釜ですぜ」

気付いて男の一人が言った。

「まあ、お釜じゃ気に入らないのかい。これでも明美姐さんといえば、銀座じゃちょっと名が通っているんだよ」

「行くぜ」

もう一人が言うと、二人は構わずに先を急いだ。

「ちょいとお待ち。明美姐さんをこけにするつもりかよ。何もそう死に急ぐことはないだろうに」

「何だと」

二人は足を止めた。材木の陰から三つの人影が現れて立ち塞がった。

「あっ！」

一人が内ポケットの拳銃に手を差し入れた——瞬間飛び込んだ二人の男が両脇から肺臓に匕首を突き上げていた。

「か、か、か、が、が、」

男は口と鼻から鮮血を迸らせながら前のめりに崩れ落ちた。残った男の顔は恐怖に引きつっている。

「鳳麻忠臣、先だっては馳走になった。今夜は礼をさせて貰う」

梶が静かに言った。

「か、梶！」

（足をやられているから暫くは動けませんぜ）

丁次の言葉が脳裏を走った。

「畜生！　謀ったな」

鳳麻は目をカッと見開いたまま、喉から血を噴きながら虚空を掴んでのけぞった。

5

義民党を倒した浅草の八洲簑組は日の出の勢いである。それにひきかえ白龍会の影は薄れていた。浅草は関東はおろか日本の盛り場の中心であるだけに実入りも大きい。梶は着実に権力と富を掌中にしていった。

そんな或る日、梶は雷に打たれたような感動を受けた。親分の簑鉄之進が末端価額にして、七、八百万円に相当する白い粉一キログラムを焼き捨てたのである。

「侠客は堅気の方々の商売を守り、その流れをよくすることで飯を頂いているのだ。堅気の人を不幸に落とし入れる亡国のヤクは必要ない。簑組はヤクに手を出すな」

目先の利益だけ追っている商人やヤクザと違った人間としての哲学があった。かつて、梶が海軍で叩き込まれた不惜身命、大和魂と共通するものがある。良い親分を持ったものだ。自分もそうありたいと梶は思った。伏せられていたが、そのとき簑親分には死期が迫っていた。癌である。彼は跡目に梶を抜擢したが相続の式を待たずに亡くなった。鉄之進には子供がいないが妻の絹は健在であった。鉄之進の意志を受けて簑組の跡目を継ぐことになった梶は、新法と美野を伴って新宿の本部に入った。義民党の鳳麻を倒してから二年半後のことである。

相続の式と披露目の宴が終わると、改めて絹のところに出向いて鄭重に挨拶をした。

「姐さん、不束者ではございますが宜しうお頼み申します」

「親分のめがねに適ったのだから、お前にはそれだけの器量がおありです。組の為に存分に働いて下さい。ただ、鬼嶋は筆頭だったのだから、そのつもりで願います」

「はい、心得ましてござんす。では、何分宜しゅう」

簑邸から戻ると、簑鉄之進の腹心だった小頭筆頭の鬼嶋哲蔵に浅草を預けると共に親分代行に据えた。浅草一か所で簑組の他の五か所のシマの収益に匹敵する。鬼嶋は何人かの腹心の子分を連れて浅草に移った。浅草にとどまった源田は傍系となり小頭代行から下りた。

暫く姿を見せなかった丁次が浅草の簑組に顔を出した。

「簑の親分が亡くなったそうですが、あっしは野暮用でちょいと川向こうの生まれ故郷に行ってまして失礼しやした。変われば変わるものですね。鬼嶋の代貸がこちらに来ておいでとは。宿で跡目をお継ぎとばかり思っておりやした。あの若い梶さんが跡目に座ったとは。梶さんなら若いがそれだけの度量もおありになる」

「丁次、何が言いたいのだ。よい話を持ってきたのではないのか」

「それは、あることはあるのですがね、ちょっとでかすぎまして」

「何だ」

「あっしも白龍会に当たってみたのですが、四千万からのヤクなので手が出ないらしい」

「ほう、そんなにまとまってあるのか」

「二十キロ。お宅じゃどうでしょう、特別に三千万にしときますが」

「うちじゃ先代の方針でヤクには手を出さないことになっている」

丁次はせせら笑った。鬼嶋が陰でヤクに手を出していることは百も承知なのだ。同席している源田にチラッと目を走らせて、

「前の取り引きのときは義民党に嵌められたが、今度の話はあっし自身が仕入元だ。間違えはありやせん。捌きさえすれば数億からになる筈ですぜ。それに先代だってもう代替わりをしているんだし、本来なら鬼嶋さんが跡を継ぐべきだったんだ。お宅が駄目ならどこか引き取り先を世話して貰えればよいんですがね」

「そのうち、当たっておこう」

それを聞くと丁次はニヤリと笑って帰って行った。源田が聞いていたからこの話はすぐ梶に洩れるはずだ。鬼嶋はこの話を新宿の組本部に伝えることにした。取り引きは勿論駄目に決まっているから後はこっちでうまく考えればよい。日本にはヤクの入るルートは殆どと言ってよいほどまだない。二十キロのヤクを放っておく手はあるまい。ところが驚いたことに連絡を受けた梶は、こちらで引き取ろうと言ったのである。二十キロのヤクが国中に広がれば、何万の人々を中毒に追いやり一生を台なしにしてしまう。梶は簑鉄之進の志を受け継いで、この白い粉を引き取り廃棄しようと考えたのである。幸い浅草に居た間に梶が自由に出来る裏金が二千三百万ほど蓄積されている。五百万を本部から借用すれば残り二百万を都合すればよい。このところ浅草から納められる筈の金が滞っていて百万ほどになる。それが入れば後は百万だけだ。

梶は鬼嶋に電話を入れて催促した。

「まだ入っていませんでしたか。経理の野郎は何をしているのか、早速送金いたしやす」

鬼嶋はそう言って受話器を置くと舌打ちした。

「おい、新宿に百万送っておけ」

腹心の沼尻に声をかけた。

「へい」

沼尻は金庫のダイヤルをゆっくり回し始めた。

何日かして丁次が顔を出した。新築された三階の部屋に丁次はフリーパスである。鬼嶋は、

「新宿が取り引きするって言っているぜ」

「え？　本当ですか」

丁次は信じられないという顔になった。

「実は鬼嶋さんと取り引きしたかったんだが。鬼嶋さんを通してっていう訳にはいきませんかね」

「駄目だ。梶がじかにって言っているんだ」

「そうですか。いいでしょう。じゃ、これから新宿に顔を出してみやす」

丁次が出て行くと、

「畜生、せっかくのチャンスなのに」

「兄貴、まあ、そう焦らなくても。また何かよいチャンスがありますよ」

新宿から連れて来たもう一人の腹心、赤崎が言った。

「それにしてもあの野郎、そんな大金をどこから工面するんだ。組にだってありやしないぜ」

「元締めの立場を利用して、組の金をうまいことやっているに違いありやせんぜ」

三人は顔を見合わせた。ノックして源田が入ってきた。

「代貸、華御殿のマネージャーが来ていますが」

「そうか」

鬼嶋は急いで階段を降りていった。

新築のコンクリートの建物の二階には来客用の応接間があり、その壁に嵌め込まれている鏡の一部がマジック・ミラーになっていて、二重の小扉を開けると鬼嶋の部屋から見下ろせるようになっている。

「沖縄はどうだった」

「アメリカ極東軍にコネが効かないことには難しいですよ。それより鬼嶋さん、香港ルートは無理だが、台湾からなら何とかなりますぜ。店の客筋の知り合いに独立運動をやっているのが居ましてね」

「で、どのくらい、どんな方法で手に入る」

「漁船を使いましてね、尖閣諸島の魚釣島の近くで台湾のマフィアの小舟から受け取ります。マシンガン五丁にとりあえず弾が五千発、拳銃七丁に五百発。マシンガンは一丁百万円、拳銃は十五万、それに仕事が仕事ですから漁船の方に百万の余りかかりますから締めて七百五十万程になります」

「そいつはちょっと高すぎるぜ。せめて四、五百万でないと」

「奴等は値引きしませんよ。相場なんてあって無いようなものだし、弾はサービスぐらいのことを言ってますから」

「すぐにでも引き取りたいのだが……」

直系だけでこれだけの武装が出来ればいつでも元締の座は狙えるし、場合によっては独立も可能だ。鬼嶋は考え込んだ。いま工面出来るのはいくら踏ん張っても五百万、いや、組本部に百万送ったから四百万だけだ。何とかならないものか。マネージャーの橋定が囁いた。

「うちのオーナーなら金は出すかもしれません。相談してみてはどうです。橋渡ししますよ」

「そうか」

「今晩七時に赤坂のモンテカルロにお出で下さい」

鬼嶋は頷いた。

その夜、ナイトクラブ・モンテカルロの扉を入った鬼嶋と赤崎は案内されて席に着いた。ショウまでにはまだ間があるがほぼ満席である。赤や青に変化しながら光の帯が仄暗いホールを走り、バンドに合わせて何組かのカップルが踊っている。やがて女達に囲まれて白い麻のダブルのスーツに身を包んだでっぷりした男が席に着いた。橋定の他に三人の男を従えている。橋定が紹介した。

「オーナーの富原さんです」

二人は立ち上がって頭をさげた。

「簑組の鬼嶋さんですな。お名前は以前からよく存じています。お近づきに乾杯しましょう」

女達がグラスにブランデーを注ぐ。

「さあ、それでは乾杯！」

女達は嬌声をあげながらグラスを干す。男の間に座った女達はコニャックを奨める。日本ではめったにお目にかかれない高級なブランデーだ。

間もなく一斉に照明が消えると、舞台にスポット・ライトが輪を描き幕が上がっていく。全身を金色に染めた裸女が音楽に合わせて動きだすと、銀色に染まった女も現れて、官能的な踊りを繰りひろげた。ショウが終わると、今度はチャイナ・ドレスの若い歌手が唄い

始めた。富原は女達を遠ざけると、

「鬼嶋さんは新宿から浅草に移られたそうだが、銀座の華馬車や浅草の華御殿はうちの系列で橋定がいつも世話になっています。何かお力になれることがあれば承りましょう」

「五百万、ご用立て願えませんか」

「ほう、大金ですな。わたしも経営者ですから担保の無い、割に合わない投資はしません。十、一とまでは言わないが、利息は高いですよ」

「どれほどで」

「月、一です。いや、しかしそれより、人を三人向こう岸に送ってもらってもいい。渡し賃として一人二百万、三人で六百万出しましょう」

三人で六百万とは超大物に違いない。闇の殺しは稼業のうちだが相手にもよりけりである。やり損なえば命取りになりかねない。鬼嶋と赤崎は顔を見合わせた。富原はうすら笑いを浮かべてゆっくり立ち上がった。

「この話は無かったことにしましょう」

「まあ、社長」

橋定がとりなすように葉巻を差し出して火を点ける。

「代貸、富原さんがせっかくああおっしゃっているのだ。この際、引き受けたらどうです」

赤崎が言った。鬼嶋が座り直した富原の目を見ながら静かに言った。

「お受けしましょう」

「そうですか。では、手付けの三百万の小切手を切ります。後は一人片付ける毎に百万、よろしいですすな」

鬼嶋は頷いた。富原が小切手を切ると橋定はそれを受け取って鬼嶋に渡し、席を立って浅草の華御殿に戻っていった。一段落すると富原は、

「すぐ近くの一つ木通りにちょっとした料亭があります。日本料理でお口に合うかどうかわからんが、お付き合い願いましょう」

そう言うと立ち上がった。

表通りには大型の外車が待っていた。赤崎と富原の部下が前の座席に腰を下ろし、富原

と鬼嶋が後部に座った。五分もたたずに車は狭い通りにつづく黒塀の建物に到着した。奥まった部屋に通されると、連絡がとれていたのか酒肴の膳が揃っていた。席に着いた四人に品のよい女将が挨拶を済ませると、若い芸妓達が酌をする。

「おひとつどうぞ、社長さん。ここ暫くお見限りでしたのね」

「ＧＨＱの知人から誘われて、ラスベガスまで視察に行っていたのでね」

「おや、何の視察でしたの。遊びと視察は違いましょう」

女将は流し目をした。

「いや、忙しいのだよ、本当に」

富原は艶の良い額を掌で叩いた。

「どうだか」

脇に寄ると、帯の間からハンカチをだして富原の顔を拭いた。

「本当に目が放せないんだから」

「よせよ、客人の前で」

そう言いながら富原は結構楽しんでいるようだった。料理がすすみ、酒がほどよくまわると、

「客人と話があるので、皆、ちょっと下がってくれ」

「また、視察のお話しですか」

女将は笑いながら芸妓達と席をはずした。

「プロだから心配していないが、勿論、内密で願います。渡辺稔三という列車転覆の現場を見たコソ泥で、口止めされたのにブタ箱から出ると娑婆でしゃべりまくっている。いま横浜のサウスピアの荷揚げ場に居るので、先ずこれを頼みましょう」

「承知しました」

超大物だと思っていた鬼嶋はホッとした。GHQ（アメリカ極東軍司令部）が絡んだ仕事らしい。

「二、三日のうちに片付けます」

話がつくと、再び女達が呼ばれて座が賑わった。

それから三日後の夕刊の三面に小さな記事が載った。

七日午前二時頃、横浜埠頭で泥酔して小用をたしていた沖仲仕の渡辺稔三（三十八歳・宮城県出身）は誤って海に転落、死亡した。

その翌日、浅草簑組の鬼嶋を富原の連れの男が訪ねて来た。部屋に通ると、テーブルの上に百万円の札束と一枚の名刺を置いた。

「富原の指示で参りました。次を願います」

それだけ言うと返事を待たずに踵を返した。名刺には北海道出身の代議士の名があった。

衆議院議員
政経懇話会代表　　中川吾郎

派閥の領袖である。政界の裏の詳しい事情は判らないが、何らかの利権を巡って、派閥の暗闘は熾烈を極めているようだった。その一方の中心に立つ人物を疑問を残さずに消すのは容易ではない。方法は病死か事故死である。しかも名刺の裏に、二十五日までに渡航完了と記されている。あと三週間しかない。鬼嶋は直ぐ沼尻と赤崎を呼び打ち合わせを済ませると行動に移った。

先ず身辺調査は地元出身の野党議員秘書の名で興信所に依頼する。中川代議士はいま地元北海道Y市の後援会事務所を根拠地として活動している。外出時は取り巻きが多くて手が出せそうにない。二人居る息子は東京に出ているので自宅は細君と手伝いの女中二人だけ。細君はよく息子の所に出掛けて留守がちである。残された日数のうちに始末せねばならない。中川邸は広く、代議士は奥の離れに寝起きしている。庭には、陣丸と、大王丸という二匹の大きな犬が放されている。

二週間ほど過ぎた金曜日の朝、細君は上京した。日曜日の朝のニュースは全国の人々を驚かせた。次男の家に居た中川代議士夫人は驚愕のため卒倒した。中川代議士が自殺したのである。縊死であった。日曜日の朝、食事を持って離れに行った二人の女中は、鴨居に帯を掛けてこと切れている代議士を発見した。遺書は無く、といって外部から何者かが侵入した形跡は皆無であった。後になって、そのとき、犬の様子が少し変だったという女中の証言を得たのだが、調べたときには二匹の犬には異状がない。結局、動機不明のまま、発作的な自殺ということで事件は処理された。これに因って政界の勢力地図は大きく書き換えられることになった。不審を抱いて聞き込み捜査を続けていた第一線の刑事達も、やがて捜査が打ち切られると配置転換や移動になり、いつの間にか事件は忘れられていった。全く痕跡を残さないこの種のプロの存在は、世界各国で何組かが指摘されている。新たに五百万の資金を得た鬼嶋は武器の購入を果たし、浅草の簑組は強力な武装集団に変身した。

一九五〇年初夏、突如、朝鮮動乱が勃発した。朝鮮が南北に分かれて、共産圏のロシアや中国と、アメリカなどにそれぞれ支援されて戦端を開いたのである。米海軍太平洋艦隊の司令部がある横須賀基地は昼夜をわかたず兵員と物資の補給に忙殺されていた。海岸線まで追い落とされた南朝鮮支援のアメリカ軍は、極東軍の司令部を航空母艦上に移すと、マッカーサー元帥が直接指揮を執って一大作戦を展開し、日本にある全ての基地の殆どの戦力を投入した。横須賀基地は少数の米軍人とＧＩの服装で武装した少数の日本人が留守をするだけになった。

そういう状況下で一か月が経過していた。富原からの三人目の依頼はまだこなかった。その間、新宿の八洲籏組親分、梶恭介と四阿丁次の白い粉二十キログラム、三千万円の話は進行していたが、以前の問題があるために最後が煮詰まらない。米軍横須賀基地にコネがある丁次の提案で、ようやく場所が米軍基地の桟橋に係留されている台船の上に決まった。そこなら見通しもよいし警察の手が届くことはない。梶と丁次の取り引きの話はようやく決着した。

1　取り引きは二月十六日、午前七時

2　双方乗用車一台に人数は三人

3　七時に丁次の車が米軍基地内D号埠頭に乗りつけ、浮桟橋の台船から五十メートル先に停車する。七時五分に梶の車が五十メートル手前に停車。百メートルの距離をおく。

4　七時十分、三千万円とヤク二十kgを双方が台船に運ぶ。
5　台船上で互いに品物と金を交換。
6　梶と丁次の付け人二人がブツと金を各自の車に運び終わった時点で梶と四阿は台船を降りて車に戻る。
7　梶の車が先に発車して、見えなくなってから四阿の車が発進する。

以上が文書で合意に達した内容である。後はその日を待つだけとなった。

四阿丁次に、麻薬取り引きの場所を米軍基地内の台船の上と提案したのは晶子だった。ディックを通して幾らか握らせれば、米軍特需の商談の場ということで正式の使用許可がとれるというのだ。行き詰まっていた丁次はこの話に乗り、取り引きの話は一挙に解決した。

丁次はこの数年で溜た白い粉二十キログラムを直接捌き、数億の金を手にしたら晶子を伴って国外に出るつもりである。晶子は近ごろ積極的に丁次の仕事に協力し始めている。

英語が堪能な晶子は丁次にとって欠かせない存在になっている。すっかり気を許した丁次は計画のあらましを晶子に打ち明けていた。晶子は米軍司令部のサインがある一枚の許可証を持ってきて丁次に渡した。取り引きの相手が八洲簑組であり、親分梶恭介を取り引きが終わった時点で抹殺する。白龍会総帥金堂巌、息子猛と四阿丁次、それに裏で繋がっている富原が極秘に練った策謀であった。

梶恭介の名を耳にしたとき、晶子の躰の震えはとまらなかった。悟られまいと洗面所にたち思いきり泣いた。懐かしい名前だった。特攻隊で死んだとばかり思っていた兄が生還していたのだ。しかも、八洲簑組の親分とは。晶子はいよいよ今までの人生に結末をつけるときを決意していた。

デイックは二週間前に他の仲間と共に朝鮮半島に出兵して行った。横須賀基地警備隊は軍曹に昇進したジャックの下に、渋木が班長となって十四名の少年ボクサーが交替で配置に就くようになった。健吾は非番のときをブラック・キャットで過ごすようになった。姉弟の約束をしてから、晶子のためになら何でも力になりたいと思ったし、晶子も何かと相談してくれるようになっていた。台船の使用許可証を手に入れたのはディックを通してだったが、彼がいなくなった今、頼れるのは健吾だけになっていた。

「健くん、二月十五日の夜のうちに、台船の底にタンクローリーでガソリンを入れてくれないかしら」

「どうするの」

「白龍会の連中が、取り引き相手を台船ごと吹き飛ばすのよ。その計画を知らされた以上、言われたようにしなければ私は殺されるわ」

「十五日ならまだ十日あるし、一人じゃ無理だけど、渋木班長に相談すれば出来ないことはないと思う。渋木さんは話が分かるから決まったら返事をします」

「有り難う。お願いね」

翌日の夜の当直のとき、健吾は渋木に話を持ちかけた。いつもはたいがい何でもOKしてくれる渋木が話を聞くと眉をひそめた。

「ヤクザの奴等なんか吹き飛んでもいいけれど、いくらリリーさんの頼みといっても、基地内で異状事態が起これば、あの親切なジャック警備隊長に対して僕の立場がなくなる」

「……」

健吾は返事をしなかった。しばらく健吾の目を見ていた渋木は、

「君がそれほど真剣に思いつめているのなら一人でやったらいい。十五日の当直は午後五時から翌朝の五時まで君になるはずだし、ハイオクガソリンのタンクの施錠を僕だって忘れることはある。僕に出来ることはそれだけだ」

そう言って渋木は立ち上がった。

「有り難う。これでリリーさんが白龍会に殺されないですむんだ」

部屋を出ようとしていた渋木は足を止めた。目を大きく見開いている。

「何だって、いま何と言った」

「白龍会の奴等にリリーさんが殺されないで済むんです」

「白龍会だって！　僕のおやじを殺ったのはその白龍会なんだ」

渋木が叫んだ。

翌日、非番になると、健吾とその手助けをすることになった渋木は、白龍会の取り引きについて詳しい説明をリリーから聞き、いろいろな手筈を打ち合わせることにした。そして、取り引き相手が八洲簑組の梶恭介であることを知った。健吾は驚いて、

「梶さんなら、僕は知っているのだ」

健吾は上京した日、浅草でチンピラに絡まれたとき助けられたことを話した。

「僕をヤクザの道に入れなかったのも梶さんなんだ。ヤクザといっても梶さんは決して悪い人じゃないんです。どうしても梶さんを助けなくては」

晶子の驚きは健吾以上だった。これから梶恭介を救うのにどう話を切り出したらよいか迷っていたのだった。兄だということは伏せてある。自分が言い出す以前に、健吾は兄を知っていて、しかも助けたいと言ってくれたのだ。何という奇縁だろう。晶子は白龍会の手口を詳しく説明した。

取り引きが済んだとき台船の上で梶達三人を殺るのは同じ簑組の殺し屋、鬼嶋哲蔵と、赤崎、沼尻の三人である。米軍警備隊を装って星条旗を立てたモーター・ボートで台船に

乗り付け、そこでマシンガンで梶達を射殺する計画なのだ。

「それじゃ、台船を吹き飛ばす必要はないじゃないですか」

「金と奪ったヤクを持って基地外に脱出した直後に、時限装置で台船を爆破させて証拠を隠滅するのよ。なにもかも粉々になるのだから。梶がいなくなれば鬼嶋が簑組の親分に治まり、白龍会と五分五分の義兄弟の盃を交わす手筈になっているのよ」

モーター・ボートには鬼嶋達三人の殺し屋のほかに、金堂巌、息子の猛、それにボートを運転する白龍会の影一人が乗り込むことになっている。そして、その帰途のボートのキャビンで、隙をみて鬼嶋達三人を拳銃で仕留めて海に投げ込めば、簑組のシマは自然に白龍会のものになるのだ。狭いキャビンの中では筒の長いマシンガンは使いにくい。その陰謀は金堂父子と丁次の胸の中にだけあった。

「なるほど、そうだったのか」

渋木は胸の中で自分の計画を反芻していた。〈彼等が脱出する以前に、基地に侵入して施設を破壊しようとした連中として、全員を警備隊が射殺したとしても問題にならない筈だ。これで父親の仇を討つことができる〉。健吾は、〈梶さん達が三人ならあとの二人は美野達也と新法龍太にちがいない〉と思った。

「梶さん達をどうやって救ったらいいだろうか」

「僕にいい考えがある」

渋木が言って三人は額を寄せた。打ち合わせを済ませると晶子は、

「健くん。最後の連絡に十四日の夜はここに来て泊まってくれない」

「健吾、キャンプの方は僕がうまくやるから大丈夫だ」

「有り難う。じゃそうします」

健吾と渋木は打ち合わせを済ませて帰って行った。それから三日後、デイック戦死の報が届いた。晶子は身の回りの持ち物をすべて焼き捨てた。ブラック・キャットは閉店したままになった。

十四日の夜、ブラック・キャットの二階の晶子の部屋の卓の上にささやかな料理が並べられていた。

「健くん、今日は姉さんの誕生日なのよ」

「そうだったの、分かっていたらお祝いを持って来たのに」

「お祝いなんかいらないわ。健ちゃんが来てくれただけでとても嬉しいわ」

「僕もお姉さんと二人きりで食事が出来るなんてとても嬉しい。リチャード曹長は戦死したけれど、お姉さんとはどういう関係だったの」

「デイックは白い粉の密輸元よ。あの人も果たせぬ夢を見ていたのね。とても律義でいい人だった。これからこの店も必要なくなるわ。デイックから贈られたこの指輪を、健ちゃんしばらく預かってくれない」

「どうして」

「身の回りの整理をするのに、小さな物はなくすといけないから。何しろこれ一つで、アメリカに牧場が持てるほどの値打ちがあるのよ」

「これからどうするの」

「遠い外国へ行きたいけれど、それも出来ないわね」

「僕は父さんも見つからないし、そろそろキャンプを辞めて母さんの所に帰ろうかなって考えているんです。山の斜面の野良仕事は大変だし、お袋だってもう歳だから」

「わたし、一度、健ちゃんの田舎に行ってもいいかしら。だって弟の母親はわたしにだってお母さんじゃない。一度お逢いしたいわ」

「わあ！　嬉しい。大歓迎、大歓迎」

「さあ、それでは食事にしましょう。そうだ、その前に、警察に届けてもらう手紙を書くわ」


晶子は便箋を取り出すと健吾の目の前でペンを走らせた。

十六日午前九時　横浜白龍会　金堂巌、猛と浅草八洲簑組
鬼嶋哲蔵、赤崎、沼尻が麻薬の取り引きをします。ヤクは二十kg、
三千万円（末端価格は数億円）場所は米軍横須賀基地内
D号埠頭につづく浮桟橋中央の緑色の台船の上です。

「健ちゃん、これを十六日の朝八時に、横浜麻薬取り締まり官事務所に届けてくれない。取り引きは九時からだから、横浜から横須賀まで三十分かかるとして八時丁度がいいのよ。それより早く動かれると、感付かれて奴等は取り引きを中止してしまうかもしれないから」

「警察に通報するの」

「そう、そうすれば白龍会の連中も一網打尽に出来るでしょう」

「そういうつもりだったの」

「橘特別捜査官と神尾刑事が居るから、渡してちょうだい」

晶子は封筒に手紙を入れながら、

「健ちゃん、下に行って棚からブランデーを持ってきて。乾杯よ」

「分かりました。十六日の朝八時、ジープで間違いなく届けてきます。そうすれば、渋木さんだってお父さんの仇が討てるんだから」

「そうね。これで安心したわ」

健吾が階下に行くと、晶子は封筒の手紙を素早く取り出して取り引き時刻の九時を八時に訂正して再び封筒に戻して糊付けをした。晶子は、何かがふっきれたような本当に晴れ晴れとした顔になっていた。いつもの愁いを含んだ表情と違って人が変わったように感じられた。

「お姉さんが僕の田舎に来てくれたら、あんな古びた家の汚い所に泊まれるかしら」

「あら、何を言っているの。姉さんは羊小屋の藁のなかにだって寝られるわよ」

「あっはっはっは」

「はっはっは」

二人は声を上げて笑った。

二月十六日の朝七時過ぎに、台船の上で梶恭介と四阿丁次の取り引きが始まっていた。お互いに品物と札束を確認し終わったとき、星条旗を立てた一隻のモーター・ボートが近づいて台船に着けた。

「米軍警備隊の巡回だ」

丁次が言った。だが、マシンガンを手に台船に上がって来た三人の男は、鬼嶋に、沼尻、赤崎だった。

「鬼嶋、どうしたのだ」

梶が言った。

「親分。取り引きの話を耳にしたので、間違いがあっちゃならないとわざわざやって来やした」

「取り引きはもう済んだ、心配はいらない」

「そうですかね。いや、まだ終わっちゃいませんぜ」

鬼嶋がニヤリと笑った。

「丁次、これはどういう事だ。また謀ったのか」

梶の声は静かだ。

「それはお互いですぜ。足の骨をやられていると言って、あのときはまんまと一杯食わせた。いやね、梶さん。本来ならここに居る鬼嶋さんが簑組の跡目を継ぐべきなんだ。いくら先代の指名だって、辞退しなくちゃ渡世の仁義に外れるというもんですぜ」

逃れられない獲物を前に、丁次は饒舌になっていた。そのときエンジンの音を響かせて小型警備艇が突進して来た。大きな星条旗が風に翻っている。艇が台船に横着けになると、銃を手にした鉄兜の兵士が七、八人飛び移って来た。先頭のジャックが叫んだ。

「ここで何をしているか」

丁次が慌ててポケットから許可証を取り出して差し出した。それを見ると、

「これは司令部のサインがある正式のものだ」

それから周囲を一瞥すると、

「だが、許可の人数は六名になっている。九人居るのはどういうことだ」

「……」

丁次は返答に窮した。ジャック軍曹の脇に居たサングラスをかけた渋木が梶達三人を指さして何か言った。

「その三人は警備隊で調べる」

軍曹が言うと何人かの武装兵が駆け寄って銃を突きつけ警備艇に乗り移らせた。マシンガンを持って立っている鬼嶋達に向かって軍曹が叫んだ。

「その銃はアメリカ製か」

「チャイナ製だ」

「それならよし。ここの使用許可時間は午前七時から三時間だ。十時までに基地外にボートも車も全部退去しろ」

それだけ言って最後に警備艇に飛び移ると轟音と共に走り去った。あっという間の出来事で皆あっけにとられたままだった。警備艇が見えなくなるとボートから金堂達三人が台船に上がって来た。鬼嶋が吐き捨てるように言った。

「米軍相手じゃ手も足も出ないぜ」

「基地の出口を固めて、梶達が出て来たら始末するのだ」

猛が言った。そのときモーター・ボートからコートを着た女が上がって来た。リリーだ。

リリーはゆっくりと台船後部の空気筒が出ている所に歩いて行くと、その脇に座り込んで突然笑い出した。皆がぎょっとしてその方を振り返って見た。

「リリー、どうしたんだ」

丁次が叫んだ。リリーは水の侵入を防ぐための弁をゆっくり回し始めた。

「何がおかしいのだ。何をしているんだ」

やっと笑い止んだリリーが言った。

「そんな必要はもうないわ」

「何だと、何の事だ」

「梶達を始末する必要はもうないのよ」

「どうしてだ」

空気筒の弁が外れて辺りにガソリンの匂いが漂った。優しかった兄の姿を最後にこの日で見ることが出来た。これでもう思い残すことはない。晶子はポケットから黒い塊を取り出した。

「あっ！　ボートが」

白龍会の影が指さして叫んだ。水浸しになったボートは、台船に舫綱で吊されて傾いている。

「私が最後に上がるとき栓を抜いておいたのさ。これから皆一緒に地獄に行くのよ」

晶子は黒い塊をトンとデッキに打ちつけた。

「くそ！」

火を噴いた手榴弾が空気筒に吸い込まれるのとマシンガンが鳴るのが同時だった。

　ビビビビ……

一瞬、台船に震動が走った。


十六日の朝八時、横浜の麻薬取り締まり官事務所に着いた健吾は部屋に通されて、橘特別捜査官と神尾刑事を待った。やがて入って来たのは、いつか健吾にナポリという店の所在を尋ねた二人連れの男だった。健吾はリリーの手紙を渡した。開けて見ていた二人の顔色が変わった。

「何で今頃届けたのだ」

橘捜査官が言った。

「取り引きは九時からだから、まだ一時間あります」

「取り引きは八時だ」

神尾刑事が叫んだ。

「でも、僕の目の前で九時って……」

「電話していては間に合わない。ＧＨＱには車から無線でやろう。水上警察と横須賀署にもだ」

二人は部屋を飛び出すと階段を駆け降りて行った。赤色燈を回転させた覆面パトカーがサイレンを鳴らして猛スピードで発進した。健吾のジープがその後に続いた。

八時二十分、橘捜査官と神尾刑事が乗ったパトカーと健吾のジープは、Ｄ号埠頭につづく浮桟橋の中程に横着けになっている緑色の台船を見下ろす山の下り坂にかかっていた。

台船の上に豆粒ほどの人影が見える。後方に、ベージュ色のコートを着た人影があった。リリーだ。前方に何人かがかたまっている。どうしてリリーが台船にいるのだろう。山道は左にカーブして港が視野から消えた。突然、山を揺るがす爆発音が耳をつん裂いた。

爆風で埠頭にあった二台の車は海に転がり落ちた。再び海が見えるようになったとき、台船があった位置には何も残っていなかった。

健吾はジープを止めて降り立った。その辺りの空気が陽炎のように揺らいで見えた。晶子が時間をずらせた手紙を託した意味を、健吾は痛いほど感じ取っていた。

「姉さん、晶子姉さん……」

街のあちらこちらでサイレンが鳴り始めた。稜線の樹間から射してくる二月の遅い太陽が、涙に濡れた健吾の頬を照らした。

海の陽炎

2000年10月1日　初版第1刷発行

著　者　北己　悠
発行者　瓜谷綱延
発行所　株式会社文芸社
〒112-0004　東京都文京区後楽2－23－12
電話03-3814-1177（代表）
03-3814-2455（営業）
振替00190-8-728265

印刷所　株式会社平河工業社

乱丁・落丁本はお取り替えします。
ISBN4-8355-0693-6 C0093